さらば友よ編

続　失踪願望。

JN017578

椎名誠

集英社

続 失踪願望。

さらば友よ編

椎名誠

集英社

目次

撮影　内海裕之（カバー・表紙）
椎名 誠（本文）
編集協力　竹田聡一郎
装丁　有山達也

続　失踪願望。

銃撃、休場、個人の感想

二〇二二年七月

7月1日(金)

久しぶりに高校時代からの友人、岩切靖治から電話をもらう。心臓の弁膜を取り替える手術をするようで「牛(の弁膜)にしますか豚(の弁膜)にしますかと、医者に焼肉屋のようなことを聞かれた」と笑っていた。最近、同年代の友人とは病気の話が増えてきた。

7月2日(土)

虎ノ門の目医者へ。一〇年くらい前、飛蚊症だと言われた。確かに体調次第では蚊や虫が飛んでいるように見えるのでいい名前だなあと不思議に感心してしまう。治療としては蚊取り線香を目の前で焚けばいいなんてことはまるでない。家族の前でそんなこ

岩切靖治
読売広告社の社長。映画のプロデューサーとして活躍。
★空手使い。長いつきあいの遊び仲間のなかでもモロに武闘派のオトコである。
(※★印以下はシーナによる独自コメント。以下同)

7月1日
◆インドで皿やカトラリー、包装用フィルムなどの使い捨てプラスチック製品の使用、製造、販売、輸入を禁止する規則が施行される。
◆「ウクライナのボルシチ料理文化」をユネスコが「緊急に保護する必要のある無形文化遺産」に登録。ロシアの侵攻により食文化の存続危機にあると判断。

とを話したらケーベツの目を向けられた。

いつか治療しないといけないとは思っていたが、白内障という形でその「いつか」が来てしまった。歳をとるというのは無数の「いつか」を回収することでもあるのだ。しばらく目医者通いだ。

7月3日(日)

タルケンこと那覇の垂見健吾カメラマンから電話があった。「はいさいはいさい」と元気だった。

この男とも長い付き合いで、文藝春秋の「Number」でアブドーラ・ザ・ブッチャーのインタビューをしたのが最初だっただろうか。カメラマンとレポーターという組み合わせでいろんなドーモウそうな男たちを取材した。

若い頃から弁髪風（髪を後ろにまとめている）にして「おじい、おじい」と呼ばれていた。いつも元気だが血圧が高く、医者にこのままでは死ぬよ、と言われて鉄の意志で禁酒に成功した。いまだに元気なおじいだ。

この夏に石垣島で写真展をやるとのことで、「椎名さんも今度、

7月2日
◆九七歳から陸上を始め、一〇〇歳を過ぎても競技活動を続けていた「被爆のアスリート」、広島県三次市の冨久正二さんが一日に死去と発表。享年一〇五。二〇一七年に六〇メートル走で一〇〇歳以上の日本記録を出した。

垂見健吾
写真家。長野生まれ、那覇暮らしのハイサイおじい。シーナとの共著に『波のむこうのかくれ島』（二〇〇一）など。
★若い頃から風貌変わらず、一種の不老不死を体現しているヒト。

一緒にやろうよう」と南のイントネーションで言ってくれた。彼の声を聞いていたら南もいいなあと思ったが、飛行機に乗るのは嫌だなあ。

7月4日(月)

午後、この連載を書籍化する際にコロナ闘病ヨレヨレ記をはさむので、その取材のために河田町の東京女子医大経由で神保町へ。退院以来、ちょうど一年ぶりだ。あの時自分はここにいたのかあ、と思うがあまり実感がない。ありがた味のないオトコだなあと改めて思う。窓からぼーっと雲を見ていただけなので当たり前なのだが。

暑かったので、担当編集者に「何か思い出したりすることはありますか?」と聞かれ「うーん、生ビールを飲んで落ちついたら思い出すかもしれないなあ。そのあとに紹興酒の古酒も一杯やれば確実だと思う」と適当なことを言ったらまんまと中華料理屋に連れてってくれた。言ってみるもんだ。コロナ入院のことは明日、思い出そう。

7月4日

◆NYの遊園地コニーアイランドで米国独立記念日恒例のホットドッグ早食い大会開催。フロリダ州在住の須藤美貴さんが、一〇分間で四〇個食べ圧勝、二年ぶり八度目の優勝を果たした。須藤さんは二〇一四年から七連覇、二〇二一年は出産のため不参加だった。

7月5日

◆二〇二一年度の一般会計決算概要によると、国の税収は二年連続で過去最高を更新し、六七兆三七八億八五〇〇万円。コロナ禍からの世界的な景気回復や円安による企業収益の増加で法人税収が伸びた。

7月6日(水)

秋に出る予定の『出てこい海のオバケたち』のゲラを読む。写真がらみのゲラはいつでも読みやすいので、好きな作業だ。

惜しまれながら休刊になってしまった「アサヒカメラ」関連で撮った写真を改めてまとめてもらった一冊。これで同誌に載った写真を使い切った形になる。写真家として幸せなことだ。長野県の山奥に住む炭焼き職人の写真なんてのは我ながらいいものを撮ったなあと思えた。最後にして会心の作品になった。

7月8日(金)

奈良市で安倍晋三が銃撃された。自宅で原稿仕事をしている時に知った。強烈な事件だと思ったが原稿は微妙な段階に入っていて、その異様な事件を流しっぱなしのテレビの音を聞きながら仕事を進めていた。選挙を前にしての蛮行だ。いろいろなことが連鎖するのだろうか。

小岩で共同生活をしていた頃、木村晋介がよく「しんちゃんの

7月6日

◆アメリカの俳優、ジェームズ・カーン氏が死去。享年八二。代表作に映画『ゴッドファーザー』シリーズなど。

『出てこい海のオバケたち』(二〇二二)

「アサヒカメラ」

一九二六年創刊。定期刊行物の写真雑誌としては最古だったが二〇二〇年七月号で九四年の歴史に幕。シーナの連載「旅の紙芝居」は八九年から続く最長連載だった。

7月8日

◆自民党の安倍晋三元首相が死去。享年六七。奈良市近鉄大和西大寺駅前で参院選の応援演説中、元海上自衛隊員の山上徹也容疑者に手製の銃で狙撃され、心肺停止の状態で病院に搬送、午後五時三分に死亡が確認された。

政治教室」を開催して、政治のことを教えてくれたのを思い出した。ぼくは木村が熱弁しているのを聞いても「へー」としか相槌《あいづち》を打てなかった。「バカシーナ、もっと考えろ」と言われた。木村に誘われてデモに行ったこともある。新橋のガード下あたりで「エンタープライズはダンコ阻止だ」なんて気勢を揚げる一団に紛れ込んだことはあるが、そこに自分のイデオロギーはまったくなかった。今もない。

7月9日(土)

五日かけて三〇枚の小説を書いた。純文学なんて用語はもう使わなくなってしまったかもしれないが、いまだにこれはぼくの好きなジャンルだ。どちらかというと最近はSFを中心に書いている気がするが、私小説も好きだ。真夜中に一人で裏道を酔ってふらつきながら歩いているような「ぐったり感」に満ちた小説も好きなのだ。

いま書いている連作小説は寛大な編集部から「あれこれ」制約されることもなく、まあ言ってみれば「じいさんの好きなように

木村晋介
弁護士。作家。元祖克美荘住人。目黒考二、沢野ひとしとともに「本の雑誌社」創業メンバー。
★いつも腰から手拭いをぶらさげて、ハキハキと明快に「青年の主張」を繰り広げているようなヒト。

エンタープライズ
アメリカ海軍の原子力空母。一九六八年一月、米軍佐世保基地への入港反対運動が全国各地で起きた。

させてもらっている」ような空気がありがたい。

あるふたつの文学誌に書いていた長編SFがコロナがらみの休載もあって、そのまま数年たってしまった。遠い遠い、辺境宇宙の物語はいまだに虚空に浮いたままだ。生みの親としてはナントカしてやりたいが、そのナントカの方法がわからない。

それぞれ五〜六年がかりで書いていた大きなものがたりだったが、おさまりどころを無くした小説はかなしい。この連載の単行本化（二〇二二年一一月二五日発売！）のためにところどころ書いている短編は、小説ではないのだろうが、エッセイやドキュメンタリーとも違う新しい書き心地でいる。発想から執筆までコンパクトなのでやりやすい。担当編集者のフットワークに助けられている。

7月10日(日)

一枝《いちえ》さんと投票に行く。あんな事件があったのに投票率が上がらないそうだ。

このままではいけない、なんとかしないと、という危機感は国

この連載の単行本
『失踪願望。　コロナふらふら格闘編』（二〇二二）

一枝さん
渡辺一枝。作家。シーナの妻。
★紹介者の木村晋介が「イチエ」と呼び捨てていたから出会った頃はぼくもそう呼んでいた。お母さんの章《ふみ》さんとふたり暮らしの家に遊びに行くようになり「さん」づけに。今に至る。ぼくはいつも「ひらかな」のつもりで呼んでいる。

民にはあるのだろうが、それがうまく国政のエネルギーに還元されないのかもしれない。

帰宅して大相撲名古屋場所を見る。番付をみていると最近は「鵬」と「翔」がつく四股名が多すぎると思う。最初はカッコ良かったかもしれないがもう飽和状態だ。これも流行《はや》り廃《すた》りがあるのだろうなあ。なんとか富士とかなんとか山みたいな原点に戻ってもいい。昔は能代潟錦作《のしろがたきんさく》なんていういかにも故郷の錦然とした名前を冠した力士がいたのになあ。

7月11日(月)

仕事で一緒だった人の体調が悪くなって、検査をすると新型コロナウイルスの陽性だった。ぼくも主治医に連絡しPCR検査を受けたが、陰性だった。

大事をとって、予定されていた岡山で開催されている写真展でのトークショーもとりやめ。これは馬喰町《ばくろちょう》にあるルーニィというギャラリーが企画してくれたのだが、杉守加奈子さんというディレクターが家にやってきて「これとこれとこれと、あとこれ

7月10日
◆参議院選挙の投開票が行われ、自民党が改選一二四議席(プラス欠員補充一)のうち六三議席を獲得して大勝。
◆テニスのウィンブルドン選手権の車いす部門・男子シングルスで国枝慎吾選手が初優勝。テニスの四大大会を全制覇する「生涯グランドスラム」と、パラリンピックも加えた「生涯ゴールデンスラム」を車いす男子で初めて達成。

杉守加奈子さん
ギャラリー・ルーニィのディレクター。★空手有段者、と聞けば納得のキレの持ち主。

も！」と三〇～四〇点の写真を素早く選んで去っていって、岡山のギャラリーに展示してくれているのだ。

ぼくの写真はモノクロが多く、それも気まぐれショットなのでこんなもので写真展などおこがましいとよく思う。でも時々やったあ！　と思うようなのが撮れる。写真は狩りに似ている。

杉守さんの仕事は丁寧で、写真を見極めるのはプロの目だ。彼女がセレクトしてくれた写真が現場に並ぶと、考えなしに撮ってきた写真でも「悪くないじゃないか」と思えるのもありがたいのだ。その現場に行けなくなったのは残念だ。

そういえば、岡山の独歩という地ビールをかなり前だが飲んだことがある。とても個性的な味だったがしみじみ懐かしい。

7月13日(水)

ニューヨークにいる娘から電話がある。

暑いのでちょうどソーメン大会を開催していたと自慢すると、「ぐぬぬぬぬ」と本当に悔しそうに声を振り絞っていた。面白い人なのだ。

岡山のギャラリーに展示
「カフェ×アトリエZ」にて「生きている」展開催（七月一三日～二四日）。

7月12日
◆ウクライナ・キーウ市当局が九歳のカメ「トーラ」を動画で紹介。三月、ロシア軍のミサイル攻撃で吹き飛ばされ負傷した後、動物園に預けられていた。

7月13日
◆東京電力福島第一原発事故に対する株主代表訴訟で、東京地裁は東電の旧経営陣四人に対し、津波対策を怠ったとして一三兆円を超える賠償を命じた。

ニューヨークにいる娘
渡辺葉。作家、翻訳家、弁護士。

7月19日(火)

円安とか戦争とか猛暑とか、何かと大変だ。

ぼくもぼくなりに大変で、白内障の術後経過確認のため板橋へ。帰りに乗ったタクシーの運転手が厄介だった。板橋区と足立区の個人タクシーとはどうも相性が悪い。

こういうことを書くとすぐクレームが来る世の中だ。「あくまで個人の感想です」とか入れたほうがいいらしいが、これは日記なのだ。個人の感想を書くところなのだ。みんなして世の中の反応ばっかり気にするからこんなふうに新たな問題が生まれてくるのだ。

7月21日(木)

世界陸上をテレビでやっている。織田裕二がうるさい一方で高橋尚子はとても的確なコメントをしていて立派だ。しかし午前から世界陸上をみていて、午後になると大相撲。こんなテレビじじいでいいのかと不安になる。

7月16日

◆ロシアの民間軍事会社「ワグネル」が、闇サイトでウクライナに派遣する戦闘員を募集、契約期間は約四カ月、報酬は手取り月収でロシア平均の約四倍、とロシアの経済紙RBCが報道。

7月19日

◆男子フィギュアスケートの羽生結弦選手が競技引退を表明。プロ・アスリートとしてアイスショーを中心に活動すると決意表明。

7月21日

◆香港のテーマパーク「海洋公園《オーシャンパーク》」で、パンダの安安《アンアン》が三五歳で死亡と発表。人間ならば一〇五歳にあたり雄の飼育パンダとしては世界最高齢。

7月22日(金)

神保町の学士会館で市原市が主催する「更級《さらしな》日記千年紀文学賞」の選考会。今回が三回目の若い賞だ。秋に授賞式があるので市原に行く。何かリクエストはあるかと聞かれ「去年の同じ式典の楽屋弁当が非常にうまかったので、今年もあれにしてほしい」と答えたかったけどなあ。

神保町にシーナがいるらしいと聞きつけて何人か編集者が来てくれた。黒ビールを飲む。

7月24日(日)

大相撲名古屋場所は逸ノ城《いちのじょう》が優勝したが、それよりもコロナで休場する力士が相次いだのが印象的な場所になってしまった。全体の三割近い約一七〇人が休場というのは戦後最大だという。

なんにでも「戦後最大」とつければいいってもんではないが、すごい数だ。「最強の格闘技は相撲」という説は巷では根強いが、どんな闘争集団でもあれだけ閉鎖的な環境にいればウイルスのほうが強いんだなあと少し気落ちした。

7月22日

◆世界陸上選手権で、女子やり投げの北口榛花《はるか》選手が銅メダル。女子投てき種目では日本女子史上初のメダル。

7月24日

◆大相撲名古屋場所で、西前頭二枚目・逸ノ城(湊部屋、モンゴル出身)が一二勝三敗で初優勝。平幕優勝は、二〇二一年初場所の大栄翔以来。

◆鹿児島県の桜島・南岳で午後八時五分頃、爆発的な噴火が発生。

夜はBS日テレで『ゴッドファーザー』シリーズが連続放送されているので、ぬかりなくサケを用意してそれを見る。今夜は、一九七四年に公開されたというPARTⅡだ。亡くなったソニー役のジェームズ・カーンさんは分かりやすい存在感を持ったいい俳優だったのに残念だ。

彼の出演している『ブライアンズ・ソング』というアメリカンフットボールの映画があるのだが、彼の動きはいつも快活で見ているだけで惚れ惚れする。『ゴッドファーザー』でいえば弟のフレドだったかマイケルだったかとボクシングの真似事のようにじゃれ合うシーンがある。あれは動きもいいし、シリーズ内でのキャラクターの作り方と物語への乗せ方が抜群の場面だ。それをジェームズ・カーンさんはうまく演じていた。

ああ、追悼の意味を込めて連続放送をしていたのか、と見終わってから気がついた。

7月27日(水)

奈良での銃撃から時間が経つにつれ、少しずつ日本の暗部が露

7月25日
◆ウイルス感染症「サル痘」の患者を国内で初めて確認。WHOは二三日に七五カ国一万六〇〇〇人超の感染状況をふまえ「緊急事態」を宣言していた。

7月26日
◆二〇〇八年に東京・秋葉原で七人を殺害、一〇人に重軽傷を負わせたとして死刑が確定していた加藤智大死刑囚(三九)の刑が執行された。

7月27日
◆日本郵便は、新型コロナの感染拡大により、窓口業務やATMを休止している郵便局が全国に一五四あると公表。

7月28日
◆新型コロナ「第七波」。国内新規感染者二三万三〇九四人と過去最多を更新。

呈してきた。うかつなことは言えないが、犯人の目的の数パーセントは叶ったのかもしれない。
しかし、あいかわらず金切声のコメンテーターの存在だけはなんとかならないものか。論客という言葉も死語になりつつある。

7月29日

◆神保町の映画館、岩波ホールが五四年の歴史に幕。これまでの上映作は六六の地域と国の計二七四本にのぼる。

下駄ばき、ケトばし、広い空

二〇二二年八月

8月5日(金)

小伝馬町にあるギャラリー「ルーニィ」が二回目の味のある写真展を開いてくれたので行ってみた。二〇人くらいのお客さん相手にごく小規模なトークイベントをして、写真についてすこしだけ話をした。

写真も何枚も売れてくれたようで、やはり個人が購入するのは風景の写真のようだ。ぼくは枚数的には風景より人をよく撮るのだが……。〝意識〟をもつヒトの写真は難しいだろう。部屋に飾ってもそのヒトとしょっちゅう目が合ったりするのはどうだろうなあ……となるのかもしれない。

終わって近所の蕎麦屋で瓶ビールと卵焼き。このあたりを歩くと馬喰町の金属問屋街とか浅草橋のガード下の質屋とかの存在を

8月1日

◆北海道厚沢部《あっさぶ》町で町民が作った重さ二七九キロの巨大コロッケがギネス世界記録認定。

◆厚労省小委員会が最低賃金（時給）を九六一円とする目安を決定。急激な物価高を重視し過去最大の三一円引き上げ。

◆核兵器不拡散条約（ＮＰＴ）再検討会議が米ニューヨークで開幕。岸田文雄首相は日本の首相として初めて出席して演説。「核兵器のない世界」に向け「ヒロシマ・アクション・プラン」を打ち出した。

思い出す。

若い頃、国鉄の総武線にいちばん乗っていた。自分の住んでいたところと、後に仲間たちと共同生活をするところと、アルバイトに通っていたところと、よく飲むところがみんなこの線路沿いに一直線に並んでいたからだ。とりわけ浅草橋駅周辺がなじみが深い。ここに中尾金属株式会社の事務所と大きな倉庫があった。その会社は一言でいうと伸銅品《しんどうひん》を中心にアルミニウム、ジュラルミン、そしてそれらを細く丸く伸ばしたものなどをたくさん扱っている問屋さんで、常に一〇人位の人手が必要なことからアルバイトの学生が沢山いた。飛び飛びながらそこにほぼ一年くらい通っていた。全国からやってきた若者、とりわけ新鮮だったのは東北から集団就職してきた中学を卒業したばかりの少年が必ず数人いたことだ。倉庫の仕事は多忙とヒマが入り混じっていたが、どっちにしても力仕事なので働き甲斐があった。

楽しみは昼飯で、これは近くの惣菜屋のアルミニウムのデカい箱弁が毎日届けられた。食べると小一時間の休憩だ。人生のシアワセ時間である。疲れているので平らに置かれた伸銅品の上に横

8月3日
◆東北・北陸地方で大雨特別警報。最上川は氾濫危険水域を超える。

8月5日
◆プロ野球ヤクルトの球団マスコット「つば九郎」が「主催二〇〇〇試合出場公式記者会見」を開いた。初披露から二九年目。

中尾金属株式会社
創業は慶応年間という老舗企業。
★高橋コロッケ君のお姉さんの嫁ぎ先という縁で紹介してもらった。

たわって昼寝することができた。長さ二メートル、幅四〇センチぐらい、思えばカンオケに似たサイズだ。人が横たわるのにちょうどよく、夏などは金属はスッパリ冷えているからそれがクーラーがわりになったのだ。この倉庫の中では安全靴と呼ぶ、足の甲部分を銅板で覆いガードしてある靴を履くキマリになっていた。これが夏は蒸れて暑い。だからぼくはほかにさしさわりがない予定の日は下駄をはいてそこに通勤した。ちょうど通りの真ん中を浅草と銀座をつなぐ都電が走っていて、下駄でカラコロ都電の線路まわりの敷石の上を歩くと気持ちが良かった。

この倉庫労働体験は後に作家になったとき「倉庫作業員」という短編小説に書いた。それはやがてフーテンの寅さんの山田洋次監督の目に触れ、映画化され『息子』という邦題になってなんだかたくさんの映画賞を受賞していた。もうひとつ、このときの体験をSF『武装島田倉庫』に書いた。なんだかヘンテコな、よその国のわけのわからない話としてけっこうのめりこんで書いて楽しかった。一つの体験が二つの小説になったのだから、職業体験

「倉庫作業員」
『ハマボウフウの花や風』(一九九一)に収録。

山田洋次監督(一九三一—)
映画監督、脚本家、演出家。デビュー作は『二階の他人』(一九六一)。最新作は『こんにちは、母さん』(二〇二三)。
★天才的な職業監督。舌をまきます。

『息子』(一九九一)
監督・山田洋次、出演・永瀬正敏、和久井映見、三國連太郎。
シーナ直筆のコピー「この頃やたらとオヤジの夢を見るのだ。」が公開当時のポスターに使われた。

『武装島田倉庫』(一九九〇)
『アド・バード』『水域』とともに椎名SF三部作。

はいろいろしておくもんだ、と思った。
そこでの楽しみのもう一つは、バイト料をもらったときの週末だ。中尾金属は小伝馬町《こでんまちょう》にあったから浅草橋駅まで歩いて一〇分もかからない。浅草橋駅周辺には飲み屋がガード下に何軒かあって、そのうちの「むつみ屋」（けとばし屋、つまり馬肉専門店だった）に行って、ビールと馬肉を食べるのが楽しみだった。馬肉は安くて力がついてうまい。たくさんの労働者でにぎわっていた。店の真ん中へんにちょっと高い厨房《ちゅうぼう》があって、そのまわりにハチマキをした威勢のいいあんちゃんが大きな声で客の注文をさばいていた。ここに来た人がみんな注文していたのが、「くりから」という一品だった。馬だか豚だかわからない、こま肉と野菜が混じった突き出しのようなものだった。この店は相当遅くまでやっていて、中尾金属をやめてからもこの店に行くために時々浅草橋に降りたことがあった。
そんなことを思い出しながら、最後にもりそばをカミしめ帰宅。いい時間だった。

むつみ屋
創業昭和二四年（一九四九）。正確にはガード下ではないが、駅前の古きよき居酒屋が連なる一角の老舗。

くりから
鰻をさばく際に出る切れ端などを串に巻きつけて焼いたもの。比較的安価で味わえる庶民のための鰻串。「突き出しのようなもの」というのは記憶違いか？

8月6日
◆広島市で原爆死没者慰霊式・平和祈念式開催。被爆者や遺族、岸田首相ら二八五四人が出席。九日には、長崎市の平和公園で長崎原爆犠牲者慰霊平和祈念式典が開かれ、約一六〇〇人が出席した。

8月8日(月)

夏バテしないようにと一枝さんが続けて肉料理を食べさせてくれる。先週はデパートで買ってきたステーキ肉を食べた。昨日はトンカツだったが、油がきつくて食べられなかった。今朝、それをカツ丼にしてもらったら一転してえらく美味しかった。卵でとじるとだいたいの問題は解決するのだ。

8月10日(水)

一枝さんから『おとうさんとぼく』というドイツの本(というかセリフのないコマ漫画)を紹介されて読む。e・o・プラウエン作、岩波少年文庫だ。

戦前のドイツの話だけれど、父親と息子の楽しい日々がくるくる描かれていて、全体にぼくが好きなフランス映画、ジャック・タチの『ぼくの伯父さん』の気配をたくさん感じ、ときどき泣けてくる。泣ける——じゃなくて笑う——はずなのにちがうのだなあ。

8月7日

◆南米チリ北部の銅山近くに、巨大な穴が出現。一週間で直径五〇メートル、深さ二〇〇メートルに広がり続けているが詳しい原因は不明。

8月8日

◆アニメ「ルパン三世」次元大介役などで知られる声優の小林清志さんが七月三〇日に死去と発表。享年八九。

◆北海道長万部町の神社の敷地内の山林で突然、温泉が噴出。一時は高さ三〇〜四〇メートルに及ぶ。「コロナ禍を洗い流してほしい」と宮司。

8月9日

◆米大リーグ、ロサンゼルス・エンゼルスの大谷翔平選手が一シーズンで「二桁勝利、二桁本塁打」を達成。ベーブ・ルース以来一〇四年ぶりの快挙。

◆ファッションデザイナーの三宅一生さんが、五日に死去と発表。享年八四。

8月11日(木・祝)

最近は原稿を書きながら高校野球をみている。アルプススタンドのブラスバンドがちょうどいいBGMなのだ。令和になってもどうやら山本リンダは甲子園では健在らしく、ウララウララ聞こえてくるのがおかしかった。他にも聞いたことあるメロディーだなとテレビに目を向けると沖縄の高校が試合をしていた。「ハイサイおじさん」だった。指笛も聞こえた。

新潟の魚沼から枝豆が届いたのでそれを茹でてもらって食べた。このポリポリ感がいいんだなあ。

8月12日(金)

神保町でこの連載の打ち合わせ。特にコロナの世界に突入してからは「ちょっと誰かに話したいことがある」とか「ここらで生ビールをいっちょう飲みたいな」というタイミングでこの打ち合わせを入れてくれるので、うまく生活の句読点として機能してくれている実感だ。

会議室でカフェラテを飲みながら九〇分くらい話をして、その

8月10日

◆北九州市旦過市場で大規模火災発生。四月に続き二度目。

◆第二次岸田改造内閣が発足。

アルプススタンドのブラスバンド
コロナ禍での制限は残るが三年ぶりに夏の甲子園でブラスバンドの演奏が本格的に復活。

8月12日

◆「世界平和統一家庭連合(旧統一教会)」の友好団体「天宙平和連合」(UPF)が、韓国で開催した「世界の平和」などをテーマにするイベントで安倍元首相を追悼。

あとは中華料理屋かビアホールという黄金コースだ。今日は中華。シュウマイがうまかった。

二〇代前半だろうか、人生最初の失踪先は箱根で、それが『ハマボウフウの花や風』の原風景だったという話をしたら、取材チームで箱根のそのあたりに行こうという話になる。現代の箱根で失踪ができるとは考えにくいが秋の温泉麦酒《ビール》旅となれば何も反論はない。

8月13日(土)

メアリー(台風八号)が上陸してきて、気流が悪い。

8月16日(火)

テレビをつけていたらアニメを見かけることが多くなったと思う。『鬼滅の刃』なんてぼくのようなじいさんでも知っているから、コンテンツとしてはどれも漫画からアニメという本流を通っている最近だ。

そういえばぼくがSFを書くときに、アニメーションで考える

『ハマボウフウの花や風』(一九九一)

★風が運ぶ種でいつしか海岸が草原になる。パタゴニアでも似た花を見た。

8月15日

◆全国戦没者追悼式に天皇、皇后両陛下や岸田首相、遺族ら約一〇〇〇人が参列。新型コロナウイルス感染拡大を受け、三年連続で規模を縮小しての開催。

8月17日

◆東京地検特捜部は、東京五輪・パラリンピック大会組織委員会の元理事・高橋治之容疑者を受託収賄容疑で逮捕。大会スポンサーだった紳士服大手AOKIホールディングス前会長の青木拡憲容疑者ら三人も贈賄容疑で逮捕した。

8月18日

◆ファッションデザイナーの森英恵さんが一一日に死去と発表。享年九六。

ことはないなあ。いつもリアルな実写映像だ。まだSFでも時間をテーマにするものは書けていないので、それを死ぬまでに書けるかどうか。でも難しいんだなあ、時間をまたぐのは。

8月20日(土)

雑魚《ざこ》釣り隊のカメラマン内海くんが自宅にピンポンといきなりやってきた。彼の地元は松戸で、名産の梨を届けてくれたのだ。しばらく会わないうちに精悍《せいかん》な顔つきになった気がする。「筋トレやってるんです」と言っていた。

8月23日(火)

神山恭昭《こうやまやすあき》さんという面白い天才ゲージュツ家がいる。松山在住の絵日記作家で、身の回りのことを描いた『わしの新聞』『わしの研究』といった全編手描きの著書がある。全容は分からないが他にも絵を描いたり粘土をこねたり木工したりとなんだか松山を中心に怪しい動きをしているみたいだ。

その人の密着ドキュメンタリー取材の一環らしく、ぼくに会い

カメラマン内海くん
内海裕之。写真家。

★かなしみを背負ったカメラマン。実は頼りになる男だ。

8月22日
◆夏の全国高校野球で、宮城の仙台育英高校が山口の下関国際高校を八対一でくだし、東北勢としては、春夏通して初となる優勝を決めた。須江航監督のスピーチ「青春ってすごく密なので」が大きな共感を呼んだ。

神山恭昭さん（一九四九―）
愛媛県松山市在住。自称絵日記作家。芸術活動の手法は絵画、彫刻、パフォーマンス、文筆と多岐にわたる。

『わしの新聞：わしのためのわしによるわしだけの（ほそぼそブックス2）』（一九九八）

たいとテレビカメラを二台引き連れて新宿までやってきた。改めて会ってみると、情報化社会だSNSだと自己主張が氾濫している現代で、あれだけ謙虚で自意識が破綻している人もいないだろうと感じた。自分がいかにダメな人間か、無駄な活動をしているかをこんこんと話していた。

しかし彼の観察眼と切り口はとことん鋭くオリジナルだった。生ビールを飲みながら一時間くらい話をするつもりだったが、気づけば三時間が経っていた。ビールとハイボールだけ。つまみもほとんどとらなかったが、いい酒だった。

神山さんの作品に最初に触れたのは、オール手書きの『わしの新聞』という一冊だった。うまいんだかへたなんだかわからない手書きの文字と絵。でも果てしなく味がある。その味はなんとも言えないペーソスというものだろうか。もともと絵心のある達者な書き手であるということがよくわかる。

そういえばぼくも若い頃「月刊おれの足」というガリ版刷りのオール手書きの小冊子を作ったことがある。なにか果てしない共

「月刊おれの足」
一九六八年五月創刊。沢野ひとしが対抗してすぐに「月刊わたしの手」を発行。

感を神山さんに感じるのだった。神山さんの『わしの新聞』の絵がなんだかどこかで見た感じがあるなあと思っていたが、それがなんだかわからないでいたが、今回神山さんに初めてお目にかかってそのことを聞いた。すると、あれはわしじゃあなく、実はアラン・ドロンなんですよ、と思いがけないことを言った。そういえば小舟の操舵輪に手をかけてこちらを見ている所作が、映画『太陽がいっぱい』のアラン・ドロンを確かにほうふつとさせる。まあ顔はアラン・ドロンではなく神山さんなのだけれど、映画のポスターでひときわ目立っていた胸のロザリオが、神山さんの絵の神山さん本人になると成田山のお守りになっていた。そのあたりのセンスあるおとぼけ具合がたまらなくうれしい。

この神山さんの作品をなんとか世間にもっと見せたい、広めたいという思いがあって、近頃独立し、出版プロデューサーの道を歩み始めた宍戸健司さんに紹介することにした。

8月28日(日)

瀬戸内海の大三島《おおみしま》へ。島の図書館が開館二〇周年ということで

アラン・ドロン(一九三五—)
俳優。日本語版吹替といえば野沢那智氏。

『太陽がいっぱい』(一九六〇)
ルネ・クレマン監督。原作はパトリシア・ハイスミス『リプリー』。ニーノ・ロータによる主題曲も大ヒットした。

宍戸健司さん
フリーランス編集者。雑魚釣り隊メンバーであり麻雀仲間。
★ひとことでいうと「頼りになる編集者」。約束は守るしフットワークはいいし、軽そうにみえて軽くない。

8月23日
◆新型コロナの国内死者が新たに三四三人確認され、過去最多を更新した。

「海や島」にまつわる話をするという依頼だった。早朝の飛行機で松山へ。

飛行場に向かう間や機内ではまだ頭が働いていなかったが、松山空港から島へ向かう途中、今治《いまばり》の市街を抜けたあたりからいたるところが海という景色になると徐々に覚醒してきた。空が広い。九〇分くらい話をして、会場の向かいにある食堂でひるめしとビール。

ぼくが頼んだ魚の定食より、事務所スタッフのWさんが頼んだ海老フライのほうが明らかに美味しそうだった。日帰りで帰るが東京はもう涼しかった。

8月29日(月)

新宿「池林房」で生ビールを飲もうと出かけたら定休日だった。何十年も通っているのに定休日を知らなかった。急遽、系列店の「犀門《さいもん》」へ。

その途中、週刊誌から国葬についてコメントをしてくれという依頼があったがお断りしてやっと冷え冷えの生ビールにありつけ

事務所スタッフのWさん
言わずと知れた辣腕マネジャー。元・椎名誠事務所アルバイト。
★うちの事務所で働いてくれる女性は歴代みんな健康で強いんだ。

池林房
新宿の居酒屋。シーナの「夜のオフィス」。
★経営者太田トクヤの人生の旗艦店。

犀門
太田トクヤ率いる竹馬グループで最も高価格帯ゆえオトナが多い店。シーナが出没する日はマグロが品薄になるので要注意。

た。
雑魚釣り隊の竹田もやってきて「人間ドックを受けたんですが、表現に気を使わないといけない昨今、医者は『太ってますね。肥満ですね』と言わず『ふくよか』って繰り返すんです。何回も言われてなんか傷つきました」とよく分からない逆上の仕方をしていた。まあ飲めよと乾杯する。

8月30日(火)

また池林房へ。大手出版社を退職して自身で編集プロダクションのようなものをやりたいという旧知の編集者、つまり宍戸君と生ビールを飲む。ツマミは刺身類を中心にあれこれ。世の中、出版不況というけれど、宍戸のような人がいれば面白い物語や読み物や記事はまだまだたくさん出現するんだろうなと期待がふくらんだ。

雑魚釣り隊の竹田
竹田聡一郎。雑魚釣り隊ドレイ頭。椎名誠旅する文学館二代目館長にまで昇り詰めた大型フリーライター。
★体も大きいしビールも底なしだが実はとても繊細な男。おれも同じタイプだから彼の気分がすごくよくわかる。

8月30日
◆二〇一一年三月の東京電力福島第一原発事故で全住民の避難が続いていた福島県双葉町で、帰還困難区域のうち特定復興再生拠点区域（復興拠点）の避難指示が解除される。一一年五カ月ぶりに居住が可能となり、居住人ゼロの被災自治体が解消された。
◆京セラとＫＤＤＩを創業した、実業家の稲盛和夫さんが、二四日に死去と発表。享年九〇。
◆ロシアのゴルバチョフ元大統領が死去。東西冷戦を終結に導きノーベル平和賞受賞。享年九一。

一力

メロディー、旅人、蛍の光

二〇二二年九月

9月1日（木）

「アサヒカメラ」の写真連載から「表情豊かな子どもたち」を軸にまとめた新刊『出てこい海のオバケたち』の版元である千駄ヶ谷の新日本出版社に行って、一〇〇冊ほどサインを入れた。

感情を無邪気にとらまえることができるので子どもの写真を撮るのは面白い。その延長線上に親子の写真があって、家族もいい時を過ごしているといい写真になる。だからお祭りやお出かけをしている家族は被写体としていちばん好きだ。そんな写真をまとめてくれたのがうれしい。

9月6日（火）

仲間らと麻雀をやっている時、音楽をかけることがある。だい

9月1日
◆NY市場で円安が進み、一時、一九九八年以来二四年ぶりとなる一ドル＝一四〇円台に。

9月2日
◆ミャンマー国軍が拘束しているアウンサンスーチー氏に新たに禁錮三年の有罪判決。

9月3日
◆ロシア軍占領下にあるザポリージャ原発は主要な外部電源との接続を失った、とＩＡＥＡ（国際原子力機関）が発表。

たいは演歌なのだが今夜は井上陽水だった。風にふるえる緑の草原〜、と聞いたことのある曲が流れてきた。加山雄三の「旅人よ」だ。陽水が歌っている。他人の曲を歌うことをカバーというらしい。トクヤが教えてくれた。新宿というアジアでも最大級の繁華街のビルの谷間でこういうアクティブな歌詞を聴くと妙な気持ちだ。

椎名さんは音楽を聴くイメージがないと言われたことがあるが、そんなことはない。むかし清志郎のライブに日比谷の野音に行ったことがある。ずいぶん前だが東京FMで四年ほどDJをやっていた時のことだ。その頃はあらゆるジャンルのCDをかけたので、乱雑に聴いていた。東京から北は毎日夜一一時から一五分間。大阪は八時から。夏はナイターがライバル局になった。たいして知らない曲をかけ続けた。

旅にウォークマンを持参することも多かった。喜多郎の「シルクロードのテーマ」が好きで一時期、よく聴いていたのだが、旅先でこれを聴くとどこでもシルクロードみたいにラクダの隊列が出てきそうな気がしてくる。映像と音楽の結びつきは強いのだな

9月5日
◆英国の新首相にトラス外相が選ばれ、英国史上三人目の女性首相へ。

井上陽水（一九四八—）
シンガーソングライター。七〇年代のフォーク、ニューミュージックブームをけん引。一九六九年のデビュー当時の名は「アンドレ・カンドレ」。

加山雄三（一九三七—）
歌手、俳優、作曲家としては弾厚作の名で活動。

忌野清志郎（一九五一—二〇〇九）
ミュージシャン、俳優。RCサクセションなどのバンドを率いて活動。

喜多郎（一九五三—）
ミュージシャン、作曲家。シンセサイザー奏者として活躍。

あと思う。

子どもたちが幼かった頃、家のなかにいろんな歌が流れていた。妻の一枝さんは長いこと保母さん（保育士）をしていたので仕事をしながら明るく歌う、という日常に慣れていたのだ。家のなかに生活歌と仕事歌が一緒になってひらひらしていた。思えばいい時代だった。

その頃は休日になると家族でよくハイキングに行った。武蔵野に住んでいたので東京郊外の小さな山によく行った。

山の帰り道に母子はよく歌っていた。ぼくもときどきドラ声で歌った。

雨模様のときに元気づけるために歌ったのをときどき思い出す。

雨がふるう（雨が降り）
てるてる坊主がなーいても（てるてる坊主が泣いても）
わたしたちはなたないよ（わたしたちは泣かないで）
やーまをみつめる（山を見つめる）

「山の子の歌」

作詞・作曲／坂下茂巳
★タイトルと正しい歌詞、というのを初めて知ったなあ。

やまのとはー（山の子は）
やまのとはー（山の子は）
みーんなつーよいよー（みんな強いよ）

娘の葉は就学前で口がうまくまわらなかった。でも元気よく歌っていて、ああ、歌っていいものだなあ、と思った。

ぼくが好きな音楽のいくつかは、みんな旅先で出あったものだ。チベットやブータンの、写真を撮るのが目的で訪れたバザールのようなごちゃごちゃした露店やデンジャラスな気配のするところでよくテープを買った。よくわからないものが多かった。タイトルがわからない。読み方がわからない。でも「オムマニペメフム」（チベット仏教で最も唱えられているマントラだという。「南無阿弥陀仏」といった感じか）というコトバをひたすら唱えているヒトツの曲に魅せられた。

タイトルは読めない。ローマ字読みで「タイチ」だ。何語で歌っているのかもわからないが、とても好きな曲だった。聞いているとこころがやすらぎ、涙が出てくる。旅用品は地下のガレージ

オムマニペメフム
サンスクリットの六の音節からなる仏教の陀羅尼（呪文）のひとつ。チベット語で六文字になることから六字大明呪、六字真言ともいう。

に雑多にほおりなげてあるのでまだそこにあるのだと思う。

パタゴニアを数日かけて馬で移動していたときカントリーウエスタンの「ホンキイトンクメン」というのをよく聞いていた。「おれはよっぱらいだあ」という内容の歌で不思議に荒野の風によく似合った。

そのころ井上陽水の「青空、ひとりきり」を岸洋子さんが唄ったのが好きになった。

岸さんとは唯一親交があった。一枝さんも岸さんの歌が好きなので一緒によくコンサートに行った。ステージへ花束を渡しにいったこともある。銀座の博品館が最後のコンサート。

岸さんの歌でいちばん好きなのはとべあきよさんの作詩による「アンデスの風になりたい」だった。

「リエンテール号」という小さなチリの軍艦でマゼラン海峡を南下していたとき甲板に寝ころがって視界いっぱいにつらなるアンデス山脈を眺めながら聴いていた。

グンカン鳥がいつまでもあとを追ってきた。グンカン鳥の翼は

「青空、ひとりきり」（一九七五）

岸洋子（一九三五—一九九二）
シャンソン、カンツォーネ歌手。

とべあきよ
作詞家。

「アンデスの風になりたい」（一九八四）
やなせたかし主宰の「詩とメルヘン」に掲載された、とべあきよの詩に、関西のフォークグループ「Rainy Blue」の小島常男が曲をつけた作品。

するどく、体にかすりでもすれば切れそうな恐怖があった。

パタゴニアの原野を旅しているとコンドルとよく出会った。羽をひろげると三メートルぐらいあるすごいやつだ。

軍艦を降りると馬で旅の続きをした。そのころがぼくの人生の旅で一番好きな時代だった。

岸さんの歌う「黒い鷲」も好きだった。ある日、大きな鷲が舞い降りてきたのよ、という歌だった。パタゴニアには大きな鳥の歌がたくさんある。

何度目かのパタゴニアの旅から帰国するとき、少し親しくなった宿の隣のジーンズ屋の娘さんが戸口によりかかって「アベマリア」を別れの歌としてうたってくれた。スペイン語のアベマリアだった。嬉しかった。それから「アベマリア」という歌が好きになり私小説にわかれの歌として書いたことがある。

9月11日(日)

「椎名誠の地球どこでも不思議旅」という講演のために名古屋へ。

「黒い鷲」（二〇〇七）

9月8日

◆英国・エリザベス女王が死去。享年九六。在位七〇年は英国君主として歴代最長。

9月9日

◆加山雄三さんが東京国際フォーラムでラストコンサートを開催。八五歳。

9月10日

◆英国・チャールズ国王が公式に国王に即位。

◆宮崎駿監督が『となりのトトロ』の構想を練った森として有名な埼玉県の雑木林の保全を目的に、所沢市が行ったクラウドファンディングが開始から一〇日間で二五〇〇万円の目標額を達成。

◆中秋の名月。二年連続で満月と同じ日に。

こういう時には食べ物の話が無難なので、ワニ、ヘビ、アザラシ、イッカククジラなどの写真を二〇点くらいスライドで映しながら解説した。スライド、といってもぼくには難しいので準備してくれたのはもちろんスタッフのWさんだ。

食い物の話をしたら腹が減ったので名古屋駅構内のいつも行く焼き鳥屋へ。ワニの砂肝などはもちろんないので名古屋コーチンのレバーを食べた。ビールとハイボールを飲む。

9月14日(水)

朝からKADOKAWAの角川歴彦会長が東京五輪の贈賄容疑で逮捕されたというニュースが飛び込んでくる。出版とオリンピックなんて無関係と思っていたけれど、いろいろな利益があるんだろう。

この件と関係するのかは分からないがKADOKAWAは近年、組織が巨大になりすぎて名物編集者的人物が生まれにくくなってしまったような気がしていた。どーんと構えた総大将のような存在がいないのだ。

9月11日
◆沖縄知事選で玉城デニー氏が再選。
◆岸田内閣の支持率四一%。不支持率は四七%となり就任以来初めて不支持が上回る。

9月13日
◆ジャン＝リュック・ゴダール監督死去。スイスで認められている医師による自殺ほう助で。享年九一。
◆新型コロナ接触確認アプリ「COCOA」の運用停止を発表。時期は未定。

以前、角川春樹さんにインタビューをしたことがあるのだが、インタビューが始まると「ちょっと待ってください」といきなり掌を床に向けてしばらくそのまま動かなくなった。少しして立ち上がると彼は「はい、今、地震を止めました」と言った。あとで別の現場でも同じことをしていたと人に聞いた。角川春樹さんは編集者というより芸術家だったので「変わってるなあ、この人」くらいに思っただけだったが、こういう個性のある人は現在はいないのだろうか。

そんなことを思っていたらKADOKAWAで「怪と幽」という雑誌の編集長をしている似田貝《にたがい》君からタイムリーに電話がかかってきた。

「これから君も出頭するのか」と聞くと違うようだ。前述の『出てこい海のオバケたち』に彼の写真を使ったので本を送ったら、そのお礼の電話を律儀にしてきたのだった。彼は「しろめしおかわり君」の異名を持つくらいコメが好きなので大盛りご飯を持った写真を載せたのだ。

ちょうど良かったので今回のことをいろいろ聞いたが「ぼくの

似田貝君

似田貝大介。通称「しろめしおかわりくん」。

★ひとことで言うと「無敵の編集者」。どんなことが降りかかってもうろたえない力強さは、おれには、ない。

9月15日

◆人間国宝の平良敏子さんが一四日に死去と発表。享年一〇一。沖縄の伝統的布織物・芭蕉布の復興と継承に尽力。

◆人々を笑わせ考えさせられる発明に贈られる「イグ・ノーベル賞」で、つまみを回すときの指の使い方を研究した千葉工業大学の松崎元教授（デザイン学）らが「工学賞」受賞。日本人の受賞は一六年連続。

ような下っ端には分からないことだらけですが、事実だったら捕まって当然ですよね。迷惑な話です」と冷静だった。

9月15日(木)

集英社でカフェオレを飲みながら、この連載の打ち合わせ。といっても阿炎《あび》が休場で秋場所はつまらないとか、ジャン＝リュック・ゴダール監督の『勝手にしやがれ』のジャン＝ポール・ベルモンドは艶のあるいい男だなどといった与太話も多かった。

打ち合わせが終わるとビアホールか中華料理店に行くのがいつものパターンだが今日は小川町のイタリアンへ。花乃碗《はなのわん》という店だ。イイダコやムール貝がうまく赤ワインが進む。

9月22日(木)

月に一度通院している慶應病院へ。特に異常がないことを確認したのでその足で池林房へ行き生ビールを飲む。そのあと麻雀。今夜も陽水が歌う「旅人よ」を何度も聞いた。ああ……旅に出たくなった。

9月17日

◆世界最大規模のビール祭り「オクトーバー・フェスト」が三年ぶりにドイツ・ミュンヘンで開催。一七日間の開催期間中、例年約六〇〇万人が来場する。会場でのマスク着用義務はなし。

9月19日

◆英国エリザベス女王の国葬がウェストミンスター寺院で執り行われる。天皇皇后両陛下ら約五〇〇人の要人が世界中から参列。

9月22日

◆三年ぶりに国連総会が本格的な対面形式で開催。ウクライナ・ゼレンスキー大統領が異例の事前収録で録画演説。

9月27日(火)

テレビをつけると日本武道館で行なわれている国葬がらみのニュースばかりだった。あまりにバカらしいのでテレビを消して原稿をずっと書いてた。

ニュースで国葬と聞くとムカムカする。それでなくともこの国の数年は気分の悪くなることばかりだった。日本がどんどんバカな国になっていく。それも国のカネ（税金）をひたすら使ってバカへの突撃だ。世界の国のいろんな風景をみると古代から巨額の金を使って巨大な墓を作った跡ばかりだ。むかしの国王はオロカ者ばかりだったのだなあ、と思うが、そういう巨大な古代の陵墓を作ったのはその下にかしずく者たちだったのだなあ。

9月28日(水)

作家の嵐山光三郎さんに言われたことがある。

「シーナよ。おれたちも歳をとってきたなあ。作家なんて仕事はな、瞬間風速みたいなモンだから、どこか幕引きがいるんだよ。

9月27日

◆安倍元首相の国葬が日本武道館で開催され、国内外から四一八三人が参列。首相経験者の国葬は一九六七年の吉田茂以来五五年ぶり。かかった費用の総額は一二億四〇〇〇万円だったと一〇月一四日に公表。

◆ノンフィクション作家の佐野眞一さんが二六日に死去と発表。享年七五。

嵐山光三郎（一九四二―）

作家・編集者。

★大事なことをいろいろ教えてもらった〝兄貴〟。まだ平凡社の編集者時代から雑誌「宝島」で有名だった。のちに酒席で会ったとき「椎名よう」と呼び捨てにされてうれしかった。

仕事だってそんなにずっと続くなんて思うな。親しくしていた編集者だってどんどん定年になってやめてくんだよ。あたらしい編集者が出てくるけれど、みんなおれたちより歳下だからな、そんなじいさんに頭さげてなにか仕事頼むよりも、どんどん出てくる若い作家に何かいいつけたほうがハイハイって喜んでなんでもやってくれる。だからだんだんじじい作家は暇になっていくもんなんだよ」――なるほどなあ。こういうのを尊いおしえというんだろうなあ。そう思った。

新宿の「犀門」で新潮社の今泉さんと楠瀬さん、長谷川さんと生ビールの会。「ハハハア」とかしずいてお迎えし、上座（どっち側だったかな）らしき席に座っていただく。

三人とも長いつきあいだ。いろいろぼくが興味をもつコトを理解してくれて、これまで三〇年間ぐらい「書く気のわいてくる」本を書かせてもらった。今泉さんはノンフィクション系、楠瀬さんはフィクション系（小説）だ。文庫は長谷川さん。ほかにも担当スタッフはたくさんいた。旅取材が多かったからいろいろ変化にとんで笑うしかない出来事がいっぱいあった。わが編集者との

新潮社の今泉さんと楠瀬さん、長谷川さん

★社風なのか三人とも、知的ななかに遊び心のある編集者。賢いし行動力もあるから、ふとした会話から始まって何冊も一緒に作った。

大バカ旅、なんていうタイトルでいろんな話が書けそうだ。
「すすれ！ 麺の甲子園」の連載は「小説新潮」で二年ぐらい続いた。五、六人チームでの全国取材旅だった。日本中のあらゆる麺（ながいもの＝そば、うどん、ラーメン、ソーメン、スパゲティ、ハルサメ、ヒヤムギ、シラタキ、イトコンニャク）などを食っていって日本一を決める！ という壮大な全国取材ものだった。

『すすれ！ 麺の甲子園』（二〇〇八）

今日はビールを飲んでいるだけでなく次の取材テーマを決める打ち合わせでもあるのだった。「漂流者は何を食べて生き延びたか」というテーマで三年ほど雑誌の連載をした。ぼくは漂流は好きだが漂流したままというのはキライだ。やってみたことはないけれど。その系統で「遭難者とそれから逃れた人」というようなテーマでの連載を相談された。もってこいのテーマだった。話はその周辺からいろんなところにすすみ、ビールの酔いがここちよかった。

『漂流者は何を食べていたか』（二〇一一）

9月30日（金）

豪雨災害で不通だったＪＲ只見《ただみ》線が一一年ぶりに全線復旧する

という。その記念式典に出席するために北に向かう。イベント自体は明日なのだが、午前中の開催ということで主催側から「郡山《こうりやま》や会津若松あたりに前泊してくれないか」という要請があった。

ビジネスホテルに泊まるのも味気ないので、ここは久しぶりの奥会津だからと彼の地《か》を愛する太田トクヤに声をかけたら、どうせなら若いもんに運転させましょうと雑魚釣り隊の太陽とタケダに連絡が飛んだ。そのあたりの噂を聞きつけ、三年前に沖縄に移住した西澤が俺も行くから羽田まで迎えにきてくれとタケダに要請したらしい。すると西澤の息子の快が「オヤジは沖縄に住んでから人格破綻が進んでしまった。心配だから俺も行きます」と志願してきた。

太陽とタケダが気をきかせて大きめのレンタカーを借りてくれ「まだ乗れまっせ」と報告してきたので、この春に大学生になった孫の風太が「地方に伝わる風習や文化に興味が出てきた」と言っていたのを思い出し、彼を誘うと「行ってみたい」とのことなので風太も参加。七〇代から一〇代までの男ばかり七人だ。

9月30日
◆人気演芸番組「笑点」のレギュラーとして親しまれた落語家の三遊亭円楽さんが死去。享年七二。

太田トクヤ
太田篤哉。経営者。「池林房」はじめ新宿居酒屋界の立志伝中の人物。常に経営と麻雀のことを考えている。
★本人がお酒みたいなもんで、どんどんうまみが増してくる。

太陽
橋口太陽。雑魚釣り隊の永久ドレイ待遇から一般待遇に昇格した。広告代理店「ビードロ」の社長。
★昭和の匂いがして安心する。たぶん生まれてくる時代を間違えてきた男。

西澤
西澤亨。雑魚釣り隊副隊長。沖縄移住以来、オリオンビールを飲むとどこか妙な

新宿を起点に羽田空港で西澤を拾って北に向かう。西澤は日焼けして元気そうだ。「おかげさんで無事に暮らしてますが、沖縄に足りないものを挙げるとしたら日本酒と温泉なのさあ」とわざとらしい沖縄のイントネーションで嬉しそうに話していた。

旅慣れたタケダが一連の幹事を務めてくれたが、彼が最初に予約したのは東京と奥会津の中間点くらいに位置する鬼怒川温泉の安ホテルだった。ぼくはすぐさま反対した。あのあたりは昨今、かつての大型ホテルが廃墟と化し、なんだか不気味なのだ。年齢がまばらな男七人でそんなエリアに泊まってどうせ酒をたくさん飲むだろうから、中居さんたちに「あの人たちヤケクソ気味に酒を飲んでいるわね」「きっと運送会社の夜逃げよ」とか陰口を叩かれるのは嫌だ。「運送会社は嫌だよ」とタケダに伝えると「よくわかりませんが他のところを探してみます」と、福島県の須賀《すか》川《がわ》というところに巨大な一軒宿を借りてくれた。

「響きの宿」というその二階建てのコテージは一〇〇平米とほとんどヤケクソ気味に広く、雑魚寝だったら二〇〇人くらいは泊まれそうである。自炊設備や囲炉裏、グランドピアノまである。キ

うちなーぐちを繰り出すように。
★頭のいい奴。かっこいいコトバで言えば、だけど。

西澤の息子の快
★アノ父のもとでよくぞまっすぐ育った。

孫の風太
息子・岳の長男。シーナ家に遊びに来ると書庫からなかなか出てこない学術肌の大学生。キャンパスライフに忙しくあまり会えないのが、じいじは少しさみしい。

ャンプ場も併設されていてこのコテージも含め、どれも完全貸切らしい。このコロナ禍でかなり人気だという。

一泊なので自炊するには短すぎる。快や風太がスーパーで冷凍の餃子やできあいの寿司など簡易的なものを買い込んできた。ぼくはチキンラーメンを二個食いして、それが夕飯だった。

食後に風太は焚き火台を使い、炎の前でタケダや快と何やら話し込んでいた。二三時が過ぎ、まだ我々はダラダラ酒を飲んでいたのだが、幹事のタケダが「明日は仕事なんだから寝なさい」と正しいことを言ってきた。トクヤは「嫌だ。まだ眠たくない」と子どものような反論をしていた。彼は居酒屋経営者なので眠くないのは当たり前なのだが、明日はぼくも仕事なのでそろそろ寝たほうがいいだろう。風太に「蛍の光」を弾いてくれとお願いした。

風太は「わかった」と短く応じた後、グランドピアノで楽譜も見ないで流暢《りゅうちょう》にスコットランドでいちばん有名な民謡を弾いた。そのメロディーをしばらく聞いているうちにバカで単純なトクヤは「なんだかそろそろ寝ないといけない気がしてきたな」と床についたのだった。

西澤の息子、快君、ぼくの孫、風太君の参加は新鮮だった。同時におれたちの老化をいやがおうにもしみじみ感じさせられた。夜更けに若いもんが二人して焚き火している後ろ姿が夜の闇にまぶしかった。


風太はアメリカにいた頃から父親とよくキャンプに連れていってもらっていたからか、ああいう開放的な世界が好きなようだ。サンフランシスコに住んでいた幼い頃、舌が回らず「サンコンカンのゴールデンブリブリブリッジ」と言っており、面白かった。日本とアメリカではキャンプのスケールが違うが、焚き火の火をしみじみ眺める、なんて気配は世界共通だろう。帰国後も親子でそれなりに面白く飛び回っているようだ。奥会津の純日本的な風景を眺めて何を思ったか聞いてみたい。

西澤の長男、快君とよく行動していた。快はいい青年になった。西澤の豪快ランボウ体質のもとでよくまあバランスのとれた心地のいい青年に育ったものだ。快はもうすぐ結婚します、と言っていた。キチンと報告をしてくれた。そうかそうか。いい家庭を作ってほしい。

どぶろく、島酒、アイスパイン

二〇二二年一〇月

10月1日（土）

ＪＲ只見線復旧イベント出席のために前泊地の福島県須賀川市から奥会津に向けて移動する。ぼくはずっと寝ていた。

道中、早朝の「再開一番列車」でトラブルがあったと連絡が入る。ダイヤが乱れたので「会津川口―只見」間で乗る予定だった記念列車の運行は取りやめになり、只見駅に直接、行くことになった。

なんでも再開一番列車に鉄道ファンが押しかけ、予想していた以上の負荷がかかりブレーキが故障したようだ。いろんなことが起こるもんだ。

無事に只見駅に着いたので時間までスキー場のレストハウスで昼飯を食った。ぼくは昔懐かしい感じのカレーライスを食べた。

10月1日
◆アントニオ猪木氏が死去。享年七九。

孫の風太はもりそばをすすっていた。「なんだか孫とじいちゃんの食うものが逆な気がする」と指摘してきた七七歳のトクヤはソフトクリームを二つ食べていた。

式典は、只見線の全面運転再開を祝っての大々的なものだった。県や村の重鎮、JR只見線の経営幹部が沢山集まっての式に出るのは緊張した。千人ぐらい集まった来賓のなかに、いちばん喜んだであろう斎藤元町長の顔がないのがあまりにも寂しい。

式典の後は、本日の宿、金山町《かねやままち》・玉梨温泉の恵比寿屋へ。ここへ来るのは五〜六年ぶりだろうか。初めて来たのはぼくにとって二本目の長編映画『あひるのうたがきこえてくるよ。』のロケハンの時だった（改めてキャストをみると柄本明さん、高橋惠子さん、余貴美子さん、黒田福美さん、竹下景子さんなど、かなり豪華な演者が揃っている。駆け出しの監督のぼくなんかの映画によく出てくれたものだ。「どうして出てくれたんですか?」と聞いてみたい気すらする）。

それから金山町には三〇年以上、通っていることになるのだが、本当に変わらない。何もかもが素朴で、余計なものが一切な

恵比寿屋
奥会津の秘湯。野尻川を眺めながら入る炭酸温泉の露天風呂に会津の地酒。ここではドブロクを飲むのが人生のシアワセ。翌朝のオカユもうまいのだった。寿命が延びないわけがない。

『あひるのうたがきこえてくるよ。』（一九九三）
椎名誠監督作品第三弾。上記の主要キャストのほか、嵐山光三郎、北方謙三、中村征夫ら特別出演の面々も豪華。

いのだ。

　いまの宿の主人、ユズル君は早くに先代経営者である父親をなくし母子でやってきた。最初来たときぼうやのように見えたユズルもいろいろ迷いつつ困惑しつつ、よくこれまでやってきたなあ、と宿のみんなの顔をみるとつくづく感心します。旅館のかたわらを流れる野尻川の激しい瀬音も変わらない。奥会津の山や草原で百人規模で遊べる映画作りや三角ベース野球の試合なんかを思いついてはここに全国から沢山の人々を集めたもんだなあ。

　到着してすぐ只見川の支流にあたる野尻川を望む露天風呂に入った。もちろん風呂上りは生ビールだ。あまりのうまさに「おおう」と自分でもよく分からぬ声がでた。

　夕方からは宴会がはじまる。肴はきのこや野菜、山菜やイナゴあたりが中心だ。山間《やまあい》の巨大旅館でよく出る変色したマグロの刺身なんかを一切、排除しているところが潔い。瓶ビールを少しやってから地酒とどぶろくに移行してゆく。

　宴会の序盤、集英社の担当者が来てこの連載をまとめた単行本

ユズル君
坂内譲。恵比寿屋二代目当主にして金山町会議員。
★奥会津の星。町長になってほしいなあ。

の表紙デザインと帯の惹句《じゃっく》を確認してくれと言った。「これでお願いします」とぼくは答えた。

中盤で雑魚釣り隊の担当である小学館のケンタロウが来て「今月の八丈島遠征の打ち合わせをさせてくれ」と言った。ぼくは「おっさん泣かすな。ビールは島冷え。クサヤはほど焼き。台風に注意」と言っておいた。

用事はそれぞれ五分で済み、ふたりは安心したようにどぶろくの世界に突入していった。

その日の宴会はいつものような賑わいでたのしかった。しろさけがドーンと出される。いつもおでこに茶碗やお皿をペタリとくっつけて一座を沸かせるしんごちゃん。絶叫大声で一座を沸き立たせるあっこも健在だ。沖縄から参加した常連、西澤が「サア酒だ酒だ」と景気をつけ、なんのこともなくいさかいしていた村の名物男加藤さんと賢孝さん二人を仲直りさせていた。

懐かしい顔とたくさん乾杯をした。シメはけんちん汁のような甘めの汁物ときのこご飯だった。これがしみじみうまかった。

集英社の担当者
編集Tこと「カシコイホウノタケダ」として暗躍中。

小学館のケンタロウ
新里健太郎。編集者。怪しい雑魚釣り隊のよろず世話人。
★カタカナで呼びたくなる男。

村の名物男加藤さん
「霧幻峡の渡し船」の船頭として活躍。
★ぼくと同い年。すげ笠の似合うヒト。

賢考さん
星賢考。郷土写真家。出演ドキュメンタリー映画に『霧幻鉄道　只見線を３００日撮る男』(二〇二二)。
★奥会津と只見線を撮り続けて、世界中の撮り鉄界では超有名人。日本昔ばなしみたいなヒト。

10月2日(日)

しっかり早起きして旅館名物の味噌汁、いつものうまーいおかゆ、漬物、温泉卵、明太子、納豆といった日本の温泉宿の正しい朝食。朝風呂に行った者もいるようだ。

この宿のまわりには歩いて三分もしないところに泉源の違う温泉が三つある。とてつもなく贅沢な秘湯なのだ。

村営八町《はちまち》温泉は入り口の所に小さな鳥の巣箱みたいなのがあり、村営温泉の維持協力金をいれることになっている。入り口を入ると、スノコ一枚に簡素な棚、といったかたちばかりの脱衣場のすぐ横に湯船、という小さなハコだから、隠れるところなんてどこにもない。

二〇年ぐらい前に夜中の三時ぐらいまで麻雀をやっていて、疲れたから風呂に入ってちょっと寝るか、などということになった。温泉はとなりである。入ると気持ちいいが真夏のこと、みんなパンツひとつでそこにいった。温泉に下りていく坂の上にバイクが止まっていた。

「風流なやつがいるなあ」そんなことをいいながら入っていくと

先客は二人いた。若い男と女だった。ここは混浴なのだ。ぼくたちは一瞬困ったが、しかしパンツ脱いじゃったし、こういう場合どうしていいかわからない。一〇〇円玉（今は三〇〇円になっているそうだ）をいれて普通にしていることにした。

バイク乗りの若い男は湯から立ち上がり、どういう意味があるのか両手をひろげた。

自分の連れを守る、という動作にも見えたがほかにさしたる意味がある動作のようにも思えない。それからカップルは逃げるように出ていった。すまないコトをした。しかしオレたちのバカアタマは、次のゲームの戦略でいっぱいだから、カップルはなにも心配することないんだよお。

いまあらためて考えてみれば、カップルが安心して外に出るまで風呂場のソトで待っていたらよかったんだなあ。そんな配慮もできない麻雀バカどもだったなあ。しかし外は蚊だらけだしなあ。外に男が四人待っている、というのもかれらにとっては不気味だろうなあ、ということも考慮しないと。こういう山奥での深夜。おれたちみたいな静かなる男以外にもどんなバケモノが徘徊しているかわからないんだよお、と知っただけでもかれらにはよかったんじゃないかなあ。
別れ際、最後に宿の一家と記念撮影をした。ありがとうみんな。帰って写真を大きく伸ばしたらみんないい顔で写っていた。やがて送るからなあ。

10月3日(月)

いま話題のKADOKAWAを退社した宍戸健司と浪曼房《ろまんぼう》で乾杯する。彼のこれからの仕事についての作戦会議だ。
とりあえず「宍戸健司さんの門出を祝う会(仮)」を企画した。なんだか出所祝いみたいだなと笑い合う。その会合には作家や各社の編集者をはじめ、宍戸と親しい本の雑誌のメンバーにも声をかけることにした。さらに雑魚釣り隊のメンバーにも協力を仰ぐ。
しかしそうなってくるとただの宴会になりそうな不安もあるが、本人が楽しそうなのでまあいいか。

10月2日
◆小田急百貨店新宿本館が営業終了。新宿駅西口再開発に伴い五五年の歴史にいったん幕。

10月3日
◆ヤクルトスワローズの村上宗隆選手が、五六号の日本選手最多本塁打を放ち、二二歳の最年少でセ・リーグ三冠王に輝いた。王貞治氏の記録を五八年ぶりに更新。

浪曼房
太田トクヤ率いる竹馬グループのなかでも若者率高し、の居酒屋。

10月4日
◆北朝鮮が発射した弾道ミサイルが青森県上空を通過。政府は全国瞬時警報システム(Jアラート)で、「国民保護に関する情報」を出した。

10月7日(金)

集英社にて、来月に発売されるこの連載の単行本化のゲラの受け渡しをした。改めて昨年の日記を読むと停滞や壅塞《ようそく》という言葉が浮かぶ。

ひととおり作業を終えて中華料理屋に移動し「大変な一年だったなあ」と編集者といっぱいやった。えびワンタン入り野菜麺がうまかった。

ちょうど『家族のあしあと』の文庫が発売になり、澤田康彦に文庫解説をお願いしていたのだが、それがとても良かった。サワダは怪しい探検隊のメンバーで、映画を撮っていた頃にはプロデューサーとしても動いてくれた。エッセイストとしても活動していて、これまでのぼくの文庫でも何度もスルドクあたたかみのあるいい文章を寄せてくれている。それと比較しても今回は最高の出来だった。言葉の選び方と置き方、最後の余韻の残し方が抜群にうまい。やるなあ、サワダ! という話で盛り上がった。

彼は京都在住なので取材も兼ねて久しぶりに会いに行くのもいいなという案も出た。

10月5日

◆米大リーグ、エンゼルスの大谷翔平選手が、シーズン最終戦で規定投球回数に到達。同シーズンで規定投球回数と規定打席数を達成する「二刀流」として快挙。バッターとしての規定打席は八月にクリアしていた。

◆宇宙飛行士の若田光一さんが搭乗する民間宇宙船「クルードラゴン」五号機が米フロリダ州ケネディ宇宙センターから打ち上げられた。若田さんは日本人飛行士として最高齢の五九歳、飛行は最多で五度目。

澤田康彦

編集者。エッセイスト。映画プロデューサー。「本の雑誌」配本部隊、「東ケト会」ドレイ出身。近著に妻・本上まなみ共著の『一泊なのにこの荷物!』(二〇二二)など。

「そうだ！　京都へ行こう」「紅葉の時期ですしね」と編集Tさんと事務所のWさんは盛り上がっているが、京都はぼくにとって相性の悪い街だからなあ。失踪というイメージもないなあ。

10月9日(日)

一枝さんが仕事で福島に行き、息子がラスベガスに出張していてひとりぼっちなので「久しぶりに池林房で生ビールやろうぜ」と雑魚釣り隊メンバーに連絡すると「全然、久しぶりじゃねえっす」と言いながらも数人、合流してくれた。

先週の奥会津旅の反省と今週末の八丈島遠征の打ち合わせ。といっても、「奥会津の温泉良かったっすねえ。どぶろくは酸味があってうまかったなあ」「八丈島でクサヤと島酒、楽しみですねえ」とかわるがわる言うだけの会合なのだ。

10月10日(月・祝)

昨日は夜中まで飲んでいたのでよく眠れ、その勢いで机に向かう。原稿は順調に進んだ。こういう日は「俺はヨイ作家だあ」と

息子
シーナの長男・岳。
★今は、昔のおれみたいに仕事で世界中のあちこちに出かけている。

10月11日
◆観光需要の喚起策「全国旅行支援」が、東京都を除く全国四六道府県でスタート。政府は、新型コロナウイルスの水際対策緩和策として入国者数の上限を撤廃したほか、個人の外国人旅行客の入国も解禁。

10月12日
◆宇宙航空研究開発機構（ＪＡＸＡ）が、小型固体燃料ロケット「イプシロン」六号機の打ち上げに失敗。予定軌道に投入できず、破壊指令。イプシロンの打ち上げ失敗は初。

思えるので気分が良い。

10月13日（木）

「kotoba」の著者インタビューで集英社へ。聞き手は目黒（考二）。ひさしぶりだ。コロナ以降なかなか会えなくなっていた。何してたんだ？　と聞くと、家で本を読んでいる毎日と言っていた。文芸評論家そのものじゃないか。

一一月に発売となる『失踪願望。』を中心にしばし文章世界の話をする。目黒はやや太っていたが早口に迫力があり、あいかわらずかなわなかった。

10月14日（金）

八丈島は雨だった。

週刊ポストの連載「わしらは怪しい雑魚釣り隊」の取材だ。雑魚釣り隊は第三次怪しい探検隊の位置づけであり、現在は休刊してしまった沖釣り雑誌「つり丸」の連載として二〇〇五年にはじまった。二〇一二年からは「週刊ポスト」に移籍して、月に一度

10月13日

◆政府は、現行の健康保険証を二〇二四年秋に廃止し、マイナンバーカードと一体化した「マイナ保険証」に切り替える方針を発表。

目黒考二（一九四六―二〇二三）
文芸評論家、エッセイスト、編集者。シーナとともに「本の雑誌」を立ち上げ、長く発行人を務めた。

どこかの浜辺に出かけては自堕落キャンプを続けてきた。

それが今回の取材で一応、最終回を迎える。担当のケンタロウに「一七年のケジメとしてどこか行きたい海はありますか?」と聞かれたので八丈島と答えた。ちなみに第一回は伊豆大島だった。

雨で堤防釣りは中止となり、今夜の肴は出船するメンバーの釣果次第だ。居残り組はキャンプ場で怠惰にビールを飲んだ。ツマミは島寿司だ。文句ない。

夕方に無事、釣り班が豪華絢爛《けんらん》の島魚を仕留めてきて宴会のメドがたった。山下カズも金目鯛を差し入れてくれ、これをしゃぶしゃぶにした。島焼酎がうまい。

夜になっても雨は止まなかったが、タープに当たる雨音が心地よい。ぼく自身の釣りはちっとも上達しなかったが、こうして釣って食って飲んでの贅沢な一七年間だったなあ、と感傷にひたっていたら、どっかで聞いたことのあるメロディーが聞こえてきた。ザコという友人がぼろんぼろんとギターを奏でて歌っていたのだ。

山下カズ
山下和秀。シーナのことを〝兄貴〟と慕う八丈島の凄腕漁師。椎名誠監督作『うみ・そら・さんごのいいつたえ』(一九九一)に出演もしている。

ザコ
小迫剛。雑魚釣り隊の料理長。プロミュージシャン。「雑魚釣り隊の歌」の作詞作曲座付き演奏家。
★メシも歌も相当の腕前。早朝から人知れず黙々と働きうんちくも言わない素晴らしいオトコだ。

俺がいたんじゃお嫁にゃ行けぬ、という寅さんの「男はつらいよ」の主題歌だ。

長く飲食業界での勤務経験があるザコは隊のコックでもあるけれど、スカバンドのミュージシャンでもある。彼が歌う寅さんはぐっとモダンな印象になるが、これはこれで良さがある。

いつの間にか大合唱となった。二番の歌詞に「目方《メカタ》で男が売れるなら」というフレーズがある。これまでも聞いていたはずなのだが、深く考えたことはなかった。いま歌っている酒好きで旅好きな友人はみんな目方でなんか測れない、いいやつらだなと深く頷き、島酒をおかわり。何時に寝たかは覚えていない。

10月15日(土)

今日も八丈島は雨だ。みんなはキャンプをしていたが、トクヤとシーナのために、ケンタロウはコテージを予約してくれた。そのコテージでトクヤが淹れてくれるコーヒーを飲んで、キャンプ場へ行くと、ヅケ丼の朝飯が用意されていた。トシをとるのもいいもんじゃのう。

寅さん
山田洋次原作・監督「男はつらいよ」シリーズの主人公、車寅次郎。渥美清が演じた。

「男はつらいよ」
一九六八年放送のテレビドラマのヒットを受け、翌年に映画第一作が公開。二〇一九年公開作までシリーズ全五〇作。主人公の愛称「フーテンの寅」から「寅さんシリーズ」として国民的人気を誇る映画作品。

午後から藍ヶ江《あいえ》へ移動。今夜はカズが漁師仲間らと野外宴会をしてくれるという。昨日、出船したメンバーが仕留めた一〇キロ超えカンパチの巨大なカマ焼きをメインに、茹でたて島ダコの刺身、蒸《ふ》かした里芋などがゴーカに並んでいる。島の人気居酒屋「むらた」の店主が焼きそば、スパゲティまで作ってくれ、ほとんど暴飲暴食だ。途中、追加で酒の買い出し隊が出た。

二一時くらいまで続いただろうか、風も強くなってきたので宴会はお開き。コテージに戻ったが、なんだか眠れないので竹田に「寝酒に島酒を頼めるか」と連絡すると、一升瓶とたっぷりの氷を太陽と共に持ってきてくれた。

10月16日(日)

最終日まで雨だったが、それも八丈島らしくていい。

あまった刺身はヅケにしておいたのでそれを使って童夢が島寿司を握ってくれた。ざっと三〇〇カン。三〇人の男たちのためだ。あっという間にもっともっと！　のサワギになった。童夢の島寿司はうまい！　残りの野菜をすべて投入した味噌汁も作る。

童夢
橋口童夢。兄・太陽とともに雑魚釣り隊のドレイになるべく長崎から上京。★はじめのうちはいつも愚痴ばっかり言ってたなあ。今は大手広告代理店の部長だ！

運転手以外はビールを飲んだ。

夕方の便で東京に戻る。まあ八丈島も東京なのだが。


雑魚釣り隊の遠征も二〇二二年で一七年になった。テントかついで全国をマタにかけ、海だ岬だ泥洲だ島だとうろついてきた。途中コロナによる遠征の中断があったが初期隊員の八人から年ごとにどんどん増えていき現在はなんと三〇人になっていた。八丈島遠征の獲物は一メートル級のカンパチをはじめ一〇種類、一〇〇尾あまり。全部で二〇キロ以上になっていた。

隊員は全員男。全国からやってくる。みんないいやつだ。今回の彼らの行動をみていて感心したのはそれぞれ釣りがうまくなっていることだった。動きが速くてテキパキしている。

なによりも驚いたのは誰もなんにも言わないのにじゃんじゃん獲物を釣り、テキパキ三枚におろし、刺身にしている。今回は五〇人前ぐらいになっていただろう。もはや料理屋そのものだ。とくに料理長のザコの手さばきを見ていると彼の腕をこのままにしておくのはもったいない、と思う。

本職はシンガーソングライターなので彼が料理仕事をおえて歌うオリジナル曲を聞いていると感動して涙があふれてくる。それと別のところでも書いたがドレイ歴一七年の橋口童夢がひそかに修練していた「寿司」のうまいこと。シャリは江戸前に小さく。赤身の魚はみんなヅケだ。そして洋カラシ。

ぼくはこの島に四〇年以上かよっているけれど、やつは絶対に島寿司の店をだせるな、と思った。いまの仕事に飽きたら島寿司屋を開店するといい。ぜったい流行ると思う。

ドレイ頭の竹田はすでに立派な全体の隊長になっていた。週刊誌の連載は今回で終わりだが雑魚釣り隊そのものはまだまだ続けていけそうだ。みんな元気でなあ。年配の物知り、P・タカハシが数年前にリタイヤしてしまったのが残念だった。とてもいいキャラクターだったのになあ。

10月20日(木)

浪曼房で「宍戸健司さんの門出を祝う会」の打ち合わせ。彼にいろいろ世話になった本の雑誌社が全面的にバックアップしてく

P・タカハシ

「週刊ポスト」編集部の初代よろず請負人。担当作に『地球どこでも不思議旅』(一九八二)など。

★落語好きでNHKラジオの落語番組を何年分も録音していたけれど、絶対テープを貸してくれなかった。もうちょっと信用してほしかったなア。

10月20日

◆東京外国為替市場で、円相場が一時一ドル＝一五〇円〇九銭に下落し、一九九〇年八月以来、約三二年ぶりの安値水準。

れるので、運営は安心だ。案内状の文面の最終確認、服装は平服だけど平服ってなんだゲタはいいのか、名刺交換はくだらないから禁止にしようなど、かなり独自のルールが定められたが、あーだこーだ言いながら飲むのは楽しい。

10月27日(木)

夕方に表参道の山陽堂書店へ。澤田康彦の新刊『いくつもの空の下で』が出たということで、書店内に個展のようなスペースができあがっていた。先日の文庫解説のお礼も兼ねて少し顔を出す。イラストレーターの小池アミイゴ氏の絵が遊び心に満ちていて愉快だ。

サワダと共に助監督として映画を撮った懐かしい仲間の白木《しらき》芳《よし》弘《ひろ》も合流してくれた。彼は映像制作の会社を立ち上げてその社長ながら今も現場でいろいろな番組を撮っているようだ。むずかしい業界で会社を経営し、作品を作り続けているというのに感心した。うれしいことだ。『うみ・そら・さんごのいいつたえ』の子役の女の子も来場していた。

10月22日
◆天皇皇后両陛下が沖縄を訪問し、南部戦跡で慰霊。両陛下の沖縄訪問は即位後初。

10月24日
◆世界平和統一家庭連合(旧統一教会)との関係が指摘されていた山際大志郎経済再生担当相が辞任。岸田首相は二五日、後任に後藤茂之・前厚生労働相を起用。

10月25日
◆歌舞伎役者の松本白鸚さんら六人に文化勲章授与。文化功労者には、シンガーソングライターの松任谷由実さんら二〇人が選ばれた。

白木芳弘
映像プロデューサー。映像プロダクション社長。シーナとは『ガクの冒険』(一九九〇)以来のつきあい。
★サワダの同級生でもある。

サワダ、白木と新宿「犀門」に移動して、各地のロケの思い出や、最近の映画の話などを肴に、黒ビールを何杯も空けた。青春が戻ってきたような時間だった。
ほろ酔いで帰宅してテレビをつけたら、オリックスの吉田正尚《まさたか》がフルスイングでサヨナラホームランを打っていた。

10月28日(金)

原稿を書いていたら新しいベッドが届いたので、こうしてはいられないと少し眠る。
しっかり元気になってからこの『失踪願望。』単行本の最終チェックのために集英社へ行ってゲラを読む。「大きな問題はありません！　早くビールを飲みに行こう」と言ったら「もっとちゃんと読んでください」と担当編集者にやや叱られる。「しっかり読むからランチョンでアイスバインを食べさせてください」とお願いして、しっかりゲラを読んで陽が沈む頃には乾杯をしていた。国内で食べるアイスバインは、ここのが一番うまいと思う。

10月28日
◆「餃子の王将」を展開する王将フードサービスの社長だった大東隆行さん(当時七二)が二〇一三年一二月、京都市山科区の本社前で射殺された事件で、京都府警は殺人と銃刀法違反容疑で特定危険指定暴力団工藤会系石田組幹部の田中幸雄容疑者を逮捕。

ランチョン
創業明治四二年(一九〇九)、本の町・神保町の名物ビヤホール。

10月29日
◆韓国・ソウルの繁華街、梨泰院の狭い路地でハロウィーンを前に集まった人々が折り重なるように倒れる事故が発生。関係当局によると、一五〇人以上が死亡、一三〇人以上が負傷。一〇代と二〇代の邦人女性二人の死亡が確認された。

来て

お月見、門出、オフサイド

二〇二二年一一月

11月2日（水）

昼間は細かいいくつもの原稿や書き物をこなし、どんどんそれを重ねていく。何かの工事みたいだ。

夕方からまたもや新宿の馴染みの店にいく。店も料理も素晴らしいがここにたどり着くまで新宿特有のバカガキ女にチャラ男たちが子ガニみたいにがしゃがしゃワーキャーワーキャーやってくる中を行かねばならぬ。しだいに「ソドムとゴモラ」状態になっていくので、目指す店にいくまで一定のがまんが必要になる。

むかしグルマン（大喰い）が称賛された時代の古代ヨーロッパのレストランでは大きな木のテーブルに皿のような穴が掘られていて、そこに料理をいれたという。そうなると皿洗いなんか簡単にはできなくなりますね。全面的にぼうぼうといろんな種類のカ

11月1日

◆東京都の「パートナーシップ宣誓制度」がスタート。性的マイノリティのカップルらを公式に認める制度施行初日、一七七組の申請があり、うち一一五組に受理証明書が発行された。

「ソドムとゴモラ」

旧約聖書「創世記」に登場する都市。神が罪深い者たちの都市を天からの硫黄と火で滅ぼしたとされ、多くの絵画や文学の題材となっている。

ビが繁殖し放題。よくて半年に一回タワシでごしごしやるしかなかったようだ。そういうすさまじいことがヨーロッパのグルマンの歴史の本に書いてある。うっかり皿を落として割ることもできなくなる。天板を割っちまったときはその店はしばらく閉店ですな。そんな店が新宿あたりに一店ぐらいあってもいい。

などと考えながらたどり着いた犀門で、日本旅行作家協会の面々とビールをやりつつ、いろいろと作戦会議をした。

帰宅すると『黒と誠』の単行本が届いていた。インターネットの連載は途切れ途切れに読んでいたので、改めて読んで話がつながった。活字に狂っていた目黒考二というヒトはやはりおかしな存在だよなと思う。向こうもそう思っているかもしれないがぼくのほうが若干まともかなと思う。

二巻以降の連載もその目黒とぼくが対立したりして盛り上がってくるらしく、楽しみだ。一応、『本の雑誌血風録』や『本の雑誌風雲録』が原作に近い存在らしいのだが、そうなると最終回をどこで迎えるのだろう。日本の特殊な出版流通とも関わってくるのだろうか。

『黒と誠』（二〇二一〜）カミムラ晋作著。目黒考二と椎名誠を主人公に、本の雑誌創成期を描いた青春マンガ。双葉社編集担当は「本の雑誌」の元助っ人。

11月3日
◆北朝鮮が、大陸間弾道ミサイル（ICBM）とみられる一発を含む計六発の弾道ミサイルを日本海に向けて発射。政府は宮城、山形、新潟の三県にJアラートを出した。

11月4日(金)

なんだか北朝鮮がミサイルをあちこち射つのでテレビが騒がしい。好き勝手やらせていいわけないので世界でしっかり対応しないといけないのだが、まだロシアは戦争をやってるしで足並みが揃わない。考えると気持ちが滅入ってくる。

ぼくにとって戦争の一番濃厚な記憶は長兄のことだった。痩せた細面の美男子で静かなる男だった。その長兄のすぐ下（ぼくのすぐ上の兄）は空手をやる暴れ者で、口のわるい親戚などから逆ならよかったのに、などとよく言われて互いに気の毒だった。長兄は学徒出陣だった。最終的に海軍の砲兵。南方に回って大砲の旋回不備にまきこまれ、片足を損傷し傷痍《しょうい》軍人として南の島に入院していた。写真で見せてもらったがその頃の南国ののんびりした光景が悲しい。未婚だった兄はその中の一人の看護婦が好きだったようだ。日本人ではないこともあって戦地での恋はままならず、兄は複雑な思いで帰国したらしい。その頃のことは聞いてもあまり話してくれなかった。

兄は関節が破壊され、満足に歩けなくなっていたが親しかった戦友の訃報を報告するとき、気丈に立ちあがり仮の位牌の前でその戦友からの最後の手紙を読んだ。読みながら兄は途中で泣き崩れていったそうだ。一九歳ぐらいの少年兵だったものなあ。その頃のことを知るひとはみんな死んでしまった。

最近わが家から歩いて本当に一分ぐらいのところに小さなイタリアンレストランができた。おいしいらしい。白ワインでボンゴレビアンコを喰いたい。そのあとは赤ワインだ。そこはむかし小料理屋さんだったところだ。繁盛してほしい。

11月7日(月)

家でおとなしく原稿を書き、夕方から飲みつつテレビを観るという怠惰なじじいになりつつある。最近の地上波はニュースですらドラマ仕立てにするきらいがあり、いろいろと疲れてしまうのでBSを乱れ視聴する日々だ。

酒場探訪ものはやはり見てしまうが、テレビでの食い物旅とか

11月6日

◆「ぎふ信長まつり」で俳優の木村拓哉さんが織田信長に扮して騎馬武者行列に登場。人出は過去最高の四六万人に。

11月7日

◆二〇一九年〜二一年度の新型コロナウイルス対策の一八事業の支出総額七六兆五〇〇〇億円のうち、税の不適切利用や無駄遣いが六六件、約一〇二億円にのぼることが、会計検査院の決算報告で明らかに。法令違反にあたる「不当事項」は一〇事業、コロナ患者の「病床確保事業」では五五億円の払い過ぎなど。

居酒屋旅なんかでは気取らないで漁師がやるコッパ魚の活き酢ちょい漬けなんてのを見せてもらいたい。とりたてムギイカ（スルメイカの子ども）のひきちぎりキンタマのタタキなんてのはマグロにもフグにもアワビにもたちうちできないうまさと言われているんだけれどなあ。

ぼくはマグロも好きだがカツオも好きだ。一七年にわたって週刊誌で連載していた「雑魚釣り隊」の全国行脚《あんぎゃ》。漁師のいうままにやっていると四〇センチはある手頃なカツオがシロウトでもジャンジャン釣れる。その痛快さは実際にやらないとわからない。

「ボキガツオというのがあって、包丁をいれると本当に「ボキッ」という大きな音がする（土佐ではゴリガツオ、静岡ではゴンガツオ、気仙沼では石ガツオとも言うそうだ）。とにかくこいつはすさまじく不味くてどうしようもない。ちょっと見では漁師にもわからないという。血あいが関係しているらしい。釣ったばかりの本物のカツオは、血あいをザラメ氷と醤油でまぜてソースのようなものをつくり、それにたっぷしつけて喰うと息がとまるくらいうまいんだなあ。

11月8日（火）

今夜は珍しい皆既月食らしくわが家の小さな屋上から月を眺める。「月見酒だ。団子はどこだ」とか言いたいところだが、口に出すと「月が昇るよりずーっと前からさっきまで飲んでたじゃないの」という回答が一枝さんから飛んでくることはぼくでも容易に想像できるので、静かにしていた。

「月の砂漠」は名曲だ。実際に砂漠では雲のない月夜がよくある。乾燥しきった大地からは、雲になる湿った空気が大気中にあがらないからなんだろうなあ。ナミブとかタクラマカンでは月夜になると明るくて怖いくらいだ。月のまわりの星がみんな消える。月のあかりにかなわないのだね。

ぼくは寒くなって適当に切り上げたが、彼女は長い間、空を見上げていた。思えばチベットで月や星の明かりを頼りに半年間の馬旅をしていた彼女にとって、月は相棒みたいな存在なんだろうな、と時空を超えて思うオットであった。

11月8日

◆満月が地球の影に完全に隠れる「皆既月食」と、月が天王星を隠す「天王星食」が同時に発生。皆既月食と惑星食が重なるのは、一五八〇年七月の土星食以来。

11月11日

◆「さようなら原発　一千万署名市民の会」が、最終となる署名を経産省に提出。ルポライターの鎌田慧さん、音楽家の坂本龍一さんらの呼びかけで始まった一一年半の活動で集めた署名は計八八三万一一六三人に。

◆「マサカリ投法」で知られた元ロッテの投手・村田兆治さんが死去。享年七二。

◆覆面アーティスト、バンクシーがウクライナの首都キーウ近郊のボロジャンカで新たな作品を制作。プーチン大統領を風刺するような作品も。

11月12日（土）

盛岡から高橋政彦と橋野浩樹がやってきた。橋野青年はクロステラス盛岡という市街のショッピングモールのスタッフで、同施設内でビアガーデンをやったり、真夏に雪を集めて子どもたちの遊び場を作ったりと、いろいろと面白いことを企画する人だ。

とりあえず池林房で乾杯をして近況を話していると、この連載の単行本『失踪願望。』の刊行記念のトークイベントとサイン会をやろうということになった。このコンビの決断と実行力はすごい。あっという間に日取りが決まって来月は久しぶりの盛岡だ。終わったら高橋君の妹さんが経営するいつもの居酒屋で熱燗《あつかん》を飲むのだ。

11月14日（月）

月例の慶應病院への通院。主治医の三村先生に「数値が良いですね」と褒められる。これがじわじわと嬉しい。子どもだったら「わーいわーい」と喜ぶところだ。

でも老人にとって通院や検査は子どものテストみたいなもの

高橋政彦
ライター、シンガーソングライター、映画監督、「海ごはんしまか」買い付け担当、そして「東北よろず案内人」。著書に『岩手謎学漂流記』。酒はなんでも。

橋野浩樹
「クロステラス盛岡」勤務の好青年。最近の休日は新しく借りた古民家の畑で過ごす。酒はやらないコーラの国の人。

11月12日
◆一八年間、仏シャルル・ド・ゴール空港で暮らしたイラン国籍の男性、メフラン・カリミ・ナセリさんが同空港で死去。享年七七。映画『ターミナル』（二〇〇四年）制作の際に得た約三五〇〇万円、自伝出版などで得た私財を投じシェルターを開設するなどホームレス支援も続けていた。

で、点が良ければ嬉しいのだ。帰ってヱビスの黒ビールでぐふふとひとり祝杯を上げた。

11月17日(木)

秋のはじめから計画していた「宍戸健司さんの門出を祝う会」。久しぶりのパーティだ。しかし、パーティって単語はいまだに恥ずかしくていえない。おやじの飲みあい会じゃだめなんだろうか。新宿の居酒屋。親しいやつの還暦、旅立ちをはげます会で一〇年ぶりぐらいにぼくが呼びかけ人になった。

沢山の人々が顔を見せた宴だった。コロナ関係で参加に迷いや戸惑いがあるのは当然で、あくまで自己責任での出席だが義務や付き合いで、という人がひとりもいなかったように思う。集まった面々は「久しぶりにみんなで飲むんだ！」という感情のタカマリが全身からモロに出ていて、それでいて主役の宍戸君の話をみんなが聞きたがる、抑制のきいた夜だった。

何人もの親友と数年ぶりに会えて濃厚な話をした。時空間を超えて会うやつが多かった。この歳でのひさしぶりの邂逅はまった

11月14日
◆二〇二四年に開催されるパリ五輪のマスコット「フリージュ」が公開。フランス革命時、自由の象徴とされた赤い帽子をモチーフとしている。

三村先生
慶應病院精神科のドクターでシーナの長年の主治医のひとり。
★文学青年風の風貌どおり文学部から医学部に入りなおしたという経歴の持ち主で、診察室でするブンガクの話は楽しい。

11月15日
◆国連は世界の人口が八〇億人を突破したと発表。

く涙がでる。

11月18日(金)

池林房で読売新聞のインタビューを受ける。まだ若い方なのだが、文学全般に精通している記者で、インタビューというより文学についての意見交換のような時間を過ごせた。

青少年の頃に貪欲に小説を読んだなあ。中学のときに芥川龍之介の「鼻」に衝撃をうけた。志賀直哉の「剃刀」は最高の恐怖短編小説だ。私小説が好きで阿部昭の短編連作や下村湖人の「次郎物語」など私小説的な長編をよく読んでいた。大江健三郎の短編「不満足」がいちばん好きだった。大江さんの小説は人物のキャラクターづくりがたまらなく魅力的だった。

「不満足」の語り手「僕」は、友人の「鳥《バード》」と「菊比古」の三人で自転車に乗って、精神病院から逃げ出した男を探しに出る。ぼくはそれに影響されて青年時代に仲間数人と小岩のアパートで共同生活をしたんだろうなあ。ぼくは共同生活仲間と「こたつ」を買って、漬物を漬けていた。後年、大江さんがノーベル賞を受賞

芥川龍之介(一八九二―一九二七)小説家。号は澄江堂主人。俳号は我鬼。

志賀直哉(一八八三―一九七一)

阿部昭(一九三四―一九八九)

下村湖人(一八八四―一九五五)

大江健三郎(一九三五―二〇二三)

したすぐあと、インタビューしたが四〇分の約束が六時間ほどに延びてかなり深い話ができた。あれはタカラモノの時間だった。大江さんは機嫌がよく幸せな時間だった。

11月21日(月)

サッカーW杯が昨日、開幕した。イングランドとイランの試合をなんとなく観る。イングランドはさすがに速くて強い。いかにワンタッチでボールを運ぶか。ダイレクトパスを多用するか。それが強いチームの証だ。

なんてぼくが分かるわけがなく、解説者がそう言っていた。得点がたくさん入って面白かった。

11月23日(水・祝)

昨年に続いて市原市の主催する更級日記千年紀文学賞の贈賞式に出席するため、房総半島の付け根へ。このところずっと世話になっている出版社の担当編集者Tさん。雑魚釣り隊の竹田ドレイ長。それにわが事務所のWさんの計四名だ。

11月22日

◆厚労省が塩野義製薬の新型コロナウイルス感染症の経口治療薬「ゾコーバ錠」を緊急承認。国産のコロナ飲み薬の実用化は初。

◆文部科学省は世界平和統一家庭連合(旧統一教会)に対し、宗教法人法に基づく「質問権」を行使し法人の組織運営や収支などについての報告を求めた。質問権の行使は同法の制定以来初。

◆宇宙航空研究開発機構(JAXA)が、超小型探査機「オモテナシ」の月着陸の断念を発表。一六日の打ち上げ後に通信が不安定となり、回復せず。

11月23日

◆サッカーW杯カタール大会、日本は初戦でドイツに大金星。堂安律(SCフライブルク)と浅野拓磨(VfLボーフム)がゴールを決め、二対一で歴史的な逆転勝利。

午後からはそのまま幕張方面に向かう。花見川の西側を遡っていく。千葉街道より南側は新しい建物も多かったが、隣町の悪ガキたちと石を投げ合う対決の舞台だった花見川の両岸や、総武線の幕張駅周辺などはかつての面影が色濃く、昔からある「オカダデンキ」や海苔とお茶の「はやし屋」などは健在で、高橋コロッケ君の実家の精肉店は見つからなかった。少し感傷的な気分になった。

雨模様だった。むかしぼくがウロチョロしていた千葉の海べりを行き来しているうちに「ガーン！」とくるような小説的な衝動を得たのだった。長いこと作家生活をしているけれど、そういう感覚を得たのははじめてのことだった。この重く、大きな「ちから」のことは、また書く。

高橋コロッケ君
小学校からの同級生。シーナが幕張に引っ越して以来の幼馴染み。

11月26日（土）

サウジアラビアとポーランドの試合をテレビで観戦。サウジアラビアのほうが元気に動き回っていた気がしたが、二対一で負けてしまった。こういうのがサッカーの面白さなんだろうか。

11月27日（日）

雲ひとつない秋晴れの日曜朝に、久しぶりに佐高信さんから電話をもらう。

発売になったばかりの『失踪願望。』の単行本をさっそく読んでくれたようで「なんか椎名さんがずっと一枝さんに謝っている本が届いたよ」と言っていて、思わず笑ってしまった。言い得て妙というやつだ。

午後からは有楽町の国際フォーラムで開催される「日本認知症学会学術集会」の講演に向かう。なじみの医師にお願いされたのだが、「学術集会」なんてものにたじろぎつつ、釣りなどの趣味があるといいですよ、小サバは唐揚げにするとうまいんです。近いうちに成人する孫と酒を飲むのが楽しみです、それまでは頑張ろうと思います。などなど、バカ老人宣言ともいえる話に終始してしまった。

しかし認知症なんて他人事ではない。講演でも触れたが、ぼくは幸いなことに原稿用紙やワープロに向かってモノを書いていて

11月27日
◆ハワイ島マウナロナ火山で噴火開始を確認。世界最大の活火山の噴火は三八年ぶり。

佐高信（一九四五—）
評論家。山形県酒田市出身。シーナとは元「週刊金曜日」編集委員同士としても親交が深い。

少しでも物語が進めば「おお、わが空気頭もまだまだ働いているのだなあ」と安心する。ただ、これが書けなくなったらおしまいだなあという恐怖もある。

三〇分という短い時間だったが大役をなんとか終え、新宿三丁目「池林房」で黒生ビールにありつく。集英社の「すばる」や文庫でお世話になっていたK部長と久々に会い、純文学の現状などを教えてもらった。純文学の話ができる人も少なくなってしまったので楽しかった。

ビール飲むなら行きます、と竹田もフットワーク良く来てくれたので、竹田には一九時からのサッカーワールドカップのコスタリカ戦についていろいろと話を聞く。かねてからの課題である「オフサイドを分かりやすく説明してくれ」と彼に質問してみたら、「ごく簡単に言うと最終ラインを越えてゴール前で待ち伏せしたら違反ですよ、ってことです」とのことなので、家に帰ってテレビを見た。日本は負けてしまった。

ところで最終ラインってなんだろう。

K部長
かつて尾張の神童、「サルサ」のキヨタとしてならした神保町の学芸編集部部長。
★独特の柔らかさで編集者とは思えないほど。安心して話ができる人。

11月28日(月)

午前中から千葉の市川市に行って写真展の審査をした。写真はこの十数年でずいぶんカジュアルなものになった。やはりスマートフォンの出現は大きい。露光だ構図だシャッタースピードだといった、ぼくらが頭を使って撮ってきたものをあの手のひら大の機器がすべて解決してしまうのだからすごい時代だ。

ただ、手軽になったぶん、多くの人がこの写真展に作品を出していて、のびやかな新しい時代も到来したように思う。こういうのはぼくは撮ることができないだろうな、と思いながら、アフリカで撮った象と雲の参考出品した写真をしばらく眺めていた。

11月30日
◆国連教育科学文化機関（ユネスコ）は、日本の民俗芸能「風流踊」を無形文化遺産に登録することを決定。盆踊りや念仏踊り、太鼓踊りなどおはやしに合わせて踊る二四都府県四一件の伝統芸能をまとめて。

花巻、断腸、象が来る

二〇二二年一二月

12月2日(金)

サッカーのワールドカップで日本がスペインに勝った。すごいことらしい。それなりに誇らしいのだが、テレビの大騒ぎっぷりには少し食傷気味だ。選手も「ブラボー」とか途中から言わされていたように思う。

昔、伊丹十三がヨーロッパで観劇をし「どんな場面でも日本人だけが『ブラボー』と叫んでどうも恥ずかしい」というようなことを書いていたのは、『ヨーロッパ退屈日記』だっただろうか、そんなことを思い出した。

12月4日(日)

第三二回市川市写真展の表彰式のために本八幡《もとやわた》へ。

12月1日
◆新型コロナウイルス感染による死者が全国累計五万人を超えた。東京都は新規感染者が一万二三三二人と発表。

12月2日
◆サッカーW杯カタール大会、日本はグループEの最終戦、スペインを二対一で破り決勝トーナメント進出を決めた。

伊丹十三（一九三三―一九九七）
映画監督、俳優、エッセイスト、イラストレーターやデザイナーなどにも非凡な才能を発揮した。映画監督作品に『お葬式』（一九八四）など。

写真展もピンからキリまである。カメラやレンズのメーカーが主催するものや、大企業や一大観光地の観光協会が募集するコンテストもある。それらはお金が動き、広告代理店が入っていることが多い。

写真が大好きなおじさんたちが主催している市川市写真展は、これまで関わってきたものでもっとも質素で、もっとも熱の入っている写真賞だった。表彰式でそのおじさんたちと楽しく生ビールを飲んでお先に失礼。来年はまた以前のようにカメラを持ってどこかへ行きたいという気持ちにさせてくれた。

12月6日(火)

ワールドカップ。残念ながら日本はクロアチアに負けてしまった。

しかし、あのPK戦という空間はすさまじい。数万人の観客に囲まれて静と動が劇的にうねる。呑まれると呪縛のようなものが働いたりするのかもしれない。気圧《けお》されたら負けなんだろう。

キッカーとゴールキーパーが対峙し、もちろんそれぞれの技術

12月4日

◆インドネシア・ジャワ島のスメル火山で大規模噴火、火砕流が発生。標高三六七六m。別名マハメル(「偉大な山」)。

◆渋谷TOEIが閉館。六九年の歴史の最終日に『鉄道員《ぽっぽや》』と『バトル・ロワイアル』が特別上映された。

◆南大西洋の英領セントヘレナ島のゾウガメ「ジョナサン」が一九〇歳を迎えたとして野菜のケーキなどが贈られた。存命の世界最高齢の陸生生物としてギネス世界記録にも認定されている。

12月6日

◆サッカーW杯、日本は8強入りを逃す。対クロアチア戦延長後のPK戦で一対三で敗れ。

が土台にはあるんだろうけれど、それよりも心理的な駆け引きが大きく存在するように見える。中世ヨーロッパの騎上同士の決闘はあんな世界だったのかなあ。

12月8日(木)

自宅で朝から晩まで「すばる」の超常不可思議小説を書く。このシリーズはいつも書きながら小説世界であそび楽しんでいる。二〇二二年は奇数月が大相撲で、偶数月が「すばる」の締め切りという理想のスケジュールだ。大相撲の優勝争いが苛烈だと気が気でないので、これはありがたい。

いま書いているのはずんがずんがと歩く巨人の上に、登場人物が乗っているシーンだ。ＳＦだからもちろんフィクションなのだが、だからこそ高さ三〇メートルの巨大な人間の上からの景色は現実に即して書かないといけない。揺れ方や視界の変化などあらゆることについてできるだけしっかりと具体的にイメージを広げていく。嘘の中の詳細な描写という対比的落差が書いていて面白い。だからＳＦを書くためには、知識も蓄えないといけないけれ

12月7日
◆俳優の志垣太郎さんが三月五日に心不全で急逝していたと発表。公表が遅れた理由とともに長男がＳＮＳで。享年七〇。

12月8日
◆経済産業省の審議会が、廃炉決定後の原子力発電所の建て替えや最長六〇年の運転期間の延長を盛り込んだ新たな行動指針を決定。

ど、その前に頭をからっぽにすることも必要だ。

そういえば先日、取材で来た新聞社の記者がぼくのＳＦを読み込んでくれていて「『雨がやんだら』がいちばん好きです。あの場面で――」と熱を持って語ってくれた。嬉しかったし、人とＳＦの話をするのは若い頃からずっと好きなので楽しかった。ただ、自分の作品についてては忘れてしまうことが多いので（ぼくはあまり読み返さない）、自分の作品に話が及ぶと著者が静かに相槌を打つだけ、という不自然な時間でもあった。

『雨がやんだら』（一九八二）
シーナ二冊目の小説集。徳間書店から刊行されたときのタイトルは『シークがきた』。表題作含む全九編は、フレドリック・ブラウン、筒井康隆などに加え、「小説は何が起きているかわからないまま始まって、わからないまま終わってもいいんだ」という目黒考二の言葉にインスパイアされたという。ＳＦ作家としての原点となった傑作短編集。

12月9日（金）

昼過ぎの東北新幹線「はやぶさ」に乗って北へ向かう。盛岡の「クロステラス盛岡」で『失踪願望。』の発売記念サイン会とちょっとしたお話の会がある。

「クロステラス盛岡」は駅とお城のちょうど中間という便利な立地で、岩手県の様々な名物を売っていたり、夏になると屋上で遠野ジンギスカンを出すビアガーデンを開いたり、面白いイベントをする施設で、ぼくもコロナ前は年に何度も行っていた。

夕方から五〇分ほど旅についての話をして、そのあとは「黙サイン会」。互いに黙って向かい合うのだ。といっても何度も参加してくれる常連たちとの再会に、ぽつりぽつりと会話が弾む。ずいぶん時間がかかったが、ずっと並んで待っていてくれるんだから申し訳ないしありがたい。

お仕事のあとは、宮古を中心とした三陸の魚を出すなじみの居酒屋「海ごはん しまか」へ早歩きで向かい、生ビールで乾杯だ。

刺身はどんこ（エゾイソアイナメ）を中心にどーん！ と盛り合わせ。他にも岩手の穴子の一本揚げなどすばらしいツマミが多い。勢いあまってアワビの肝もぐわり！ と食べた。一瞬、わが体内のプリン体含有量のことが頭をかすめたが、ここで食わなきゃアワビに申し訳ない。うまいうまい。

飲みながら「昔から飲食店、小さな居酒屋か蕎麦屋をやってみたかった」という話をした。これまで五〇年以上、客しかやってこなかったので逆になるとどうなるんだろうという単純な好奇心がある。

例えば夕暮れ時の商店街を歩いていて、個人経営の居酒屋の店

海ごはん しまか
東北よろず世話人でもあるマサヒコさんが三陸宮古港で買い付けてくる新鮮美味な魚介類で一献。というのが、盛岡でのトーク終了後の黄金のコース。

主がテキパキと開店準備をしているのを見ると「ああいうのいいなあ」と思う。刺身の目利きは少し自信あるのでやっぱり魚中心になるのだろうか。肉もいいけれどA5のブランド牛がなんたらとか聞かれてもないのに語る店の親父はカッコ悪いし、ブランド牛だからうまいうまいと食べる客も情けない。結局、自分が食べたいものを出す店になるんだろうな、という結論になると同席者は揃って「無理」と言う。なんでだ。

「だって椎名さん、絶対、客と喧嘩するでしょう」

そう言われるとそういう気もする。そのあとみんなで「ああ、この店はいい店だな」と思われるような感じの良い「いらっしゃいませ」を言う練習をした。が、ぼくはまるでサマになっていないらしく皆に笑われた。その日もみんな気持ちよく酔い、でっかく笑った。

12月10日(土)

朝食兼昼食はタカハシ君が運転してくれる車の中で「福田パン」のメンチカツとたまごのサンドだ。さほど深酒をしたつもり

福田パン
一九四八年創業。大きなコッペパンに好きな具材を挟んでくれる、盛岡市民のソウルフード。

はないがとにかく眠い。サンドイッチを食べながらうとうとしてしまう。

同行の編集Tは、この連載のテーマのひとつである宮沢賢治の取材を進めるために、賢治ゆかりの光原社に寄ってほしそうだったが、腰も痛かったのでパスさせてもらう。賢治は雨にも風にもマケズだったのにぼくはただの腰の痛みにマケタ。嘆かわしい。それでは賢治の故郷へということでレンタカーで花巻市へ向かう。気持ちのよい日差し。

イギリス海岸に立ち寄り、しばし川面を眺める。ここには二〇年くらい前だろうか、岩手県が制作した「がんばらない宣言」という新聞広告の撮影で来ている。詳細は忘れたけれど、そのスローガンにはいたく共感した覚えがある。「頑張る」という語は、頑なに張るのだから決して豊かではない言葉なのだ。

その頃からこの北上川を見ると、「カヌーにはいい川だなあ」と思う。賢治は「こゝを海岸と名をつけたってどうしていけないといはれませうか」と書いたが、ぼくにはカヌーの川だ。

帰路の国道で気になる丘があった。ちょうど夕暮れにさしかか

光原社
光原社創立社長の及川四郎が、賢治と盛岡高等農林学校の同窓生だった縁から賢治と近森善一とともに『イーハトヴ童話注文の多い料理店』を刊行。命名も賢治による。のちに民芸の柳宗悦、染色の芹沢銈介との親交から鉄器、漆など郷土の民芸品を扱う店に。名物の「くるみクッキー」は盛岡の鉄板おもたせのひとつ。

「イギリス海岸」

賢治二六歳の頃の作品とされている。

る時分で、向こうからよい光が降り注いでくるような風景にちょっと脇に停めてもらった。

自分でも意識してなかったが、ぼくは写真を撮りながら「象が来るな」と呟いていたようだ。

同行者はみな「何言ってるんだシーナ。ついにか……」と思ったらしいが、おそらくぼくは「いかにも象が向こうからドスドス歩いて来そうなアフリカ的な景色だな」、あるいは「象が来たら面白いのにな」ということを言いたかったんだと思う。ただのハッキリした独り言なのに心配させてしまった。

そのあと、「羅須地人《らすちじん》協会跡地」に寄り道して（ぼくは車の中で待っていた）、マルカンビル大食堂へ。

そびえ立つ縦長のソフトクリームを割り箸で食べる地元の民、花巻育ちの橋野君をヨコメにラーメンをぐわしぐわし。タカハシ君と編集Tはこれまた名物だという「ナポリかつ」だ。古きよき大食堂はたくさんの家族連れやカップルでにぎわっていて、大きな窓からは暮れてゆく北の空がよく見えた。

予定より一本早い新幹線に乗って帰る。東京はうるさいんだろ

マルカンビル大食堂
大食堂の名前のとおり席数五六〇。花巻市内一望の眺めと一〇段巻きの箸で食べるソフトクリームが自慢。一九七三年開業のマルカン百貨店が二〇一六年に閉業した後、多くのファンの声にクラウドファンディングが立ち上がり二〇一七年に大食堂として復活した市民憩いの場。

12月10日
◆世界平和統一家庭連合（旧統一教会）による被害者救済に向けた新法や改正消費者契約法等が参院本会議で可決成立。

うなと新幹線の中でつくづく思った。日本の風土でいえば、ぼくは断然、北が好きだ。『宮澤賢治全集』も改めて読み直したい。賢治の書くものは、書いたタイミングや心境にもよるのだろうけれど、巻によってまったく異なった世界が広がっているのだ。

12月12日(月)

佐藤蛾次郎さんが亡くなってしまった。同い年だったのを知らなかった。

「男はつらいよ」シリーズで源公はセリフなんかほとんどなくて、寅さんがドジを踏んで叱られたりマドンナに振られたりするとニヒヒヒと静かに含み笑いをしている印象がたのしい。存在感は抜群で、いなくてはならないキャラクターだ。舞台出身の系譜という気配がいかにも濃い、素敵な役者だった。

おいちゃん、おばちゃん、寅さん、タコ社長、どんどんあの家族がいなくなってしまうなあ。

12月11日
◆宇宙ベンチャーのアイスペース社が、月着陸船を米フロリダの宇宙基地から打ち上げ。民間として日本初の月着陸を目指し到着は二〇二三年四月頃の予定。

12月12日
◆日本漢字能力検定協会は、今年の世相を表す「今年の漢字」に「戦」が選定されたと発表。

佐藤蛾次郎（一九四四―二〇二二）俳優。アフロヘアがトレードマーク。一九六八年テレビドラマ版の「男はつらいよ」から全五〇作に出演（第八作のみ交通事故入院のため出演していない）。

12月14日(水)

小川町のイタリアンで『失踪願望。』の発売記念を兼ねた忘年会だ。集英社の文芸担当も来てくれて、みんなで赤ワインを飲む。ぼくの担当を入社以来、たぶん二〇年ほども続けてくれたKさんとも久しぶりに会えた。校閲の部署に異動になり、そこでの実務の詳細を面白く教えてくれる。

最初に食べたロメインレタスのサラダと最後に食べたトマトソースのパスタが特においしかったが、ぼくはこの店でロメインレタスなるものの存在を初めて知ったのだった。

12月17日(土)

今日は一日「机の上の動物園」という仮タイトルで進めている書き下ろしの原稿を書いていた。

少し前に仙台で開催した「目でみるわが作家仕事の全展示」のような催しで、数十年ぶりに目にした「いろんな旅から持ちかえったモノ」たち。自分が持ちかえったものばかりなのだけれどガラクタだらけなので忘れているものばかりだ。

12月13日

◆プロボクシング・井上尚弥選手が、世界バンタム級四団体王座決定戦でイギリスのバトラー選手に一一回KO勝ち、日本選手初となる四団体王座統一を果たす。

Kさん

『帰っていく場所』単行本や『大きな約束』の連載などを担当。

12月15日

◆元陸上自衛隊の五ノ井里奈さんが在職中に同僚から性暴力を受けた問題で、防衛省は郡山駐屯地に所属していた加害隊員五人を懲戒免職、上司の中隊長を停職六カ月とした。

『机の上の動物園』(二〇二三)

たとえば南米でみつけた木偶《でく》。まったく攻撃的に大きな鼻で血走ったような目が「なめんなよ！」といっている、手のひらサイズの土づくりのブタ。あるいは辺境の漁師からもらったナイフとかミミカキなど。旅から持ちかえっても郷土人形とかコケシとかロシアのマトリョーシカみたいなのはすぐに邪魔になるだけだ。

ぼくは外国の金物屋を覗くのが好きで、トンカチとかノコギリとかフライパンなんかを持ちかえっては自宅で引っぱり出してうっとりしていることが多かった。外国旅ではよくそこらの小さな石を拾った。まん丸とか三角とか真四角なやつがけっこうある。体験的に世界の石コロは味のあるやつが多い。旅さきのホテルやテントなどでそこにいろんな顔をかいた。顔をかくとそれらはみんな仲間のようになって気持ちが豊かになった。

そんな（ヒトから見ればガラクタ）一〇〇点あまりを見て当時の旅を思い出し、懐かしくたのしい気分になった。みんな小さいから現物を全部並べても仕事部屋の机の上におさまってしまいそうだ。

12月16日
◆政府は、国家安全保障戦略（ＮＳＳ）など安保関連三文書の方針転換を閣議決定。相手のミサイル発射拠点などを直接攻撃する「反撃能力」の保有を明記したほか、二〇二三年度から五年間の防衛費を約四三兆円とすることを盛り込んだ。
◆漫画家の聖悠紀さんが一〇月三〇日に肺炎で死去していたと発表。代表作「超人ロック」を五〇年以上描き続けた。享年七二。

これらは結局は、粗大……とまではいかないにしてもチビなりに「燃えないゴミ」としてやがて始末されるだろう、と思った。「では、ヒマな今のうちに始末しちゃおうか」などとも思ったが「時代がたつとけっこう大事なものになるかもしれないから写真に記録しておくか」と思った。写真のうまい上原ゼンジ君（本の雑誌の初期助っ人メンバー）に連絡して全部撮影してもらった。ライティングのきまったパンフォーカスのリッパな写真ができてきた。

「産業編集センター」という旅関係の本をいっぱい出している出版社の親しい編集者・佐々木さんに連絡して相談した。写真を眺めているうちにこれらをつかった小さな小さな雑貨本にしたらどうだろう、と思ったのだ。旅三昧の日々からほぼ三〇年して、この「小さなものたちによる」絵本のようなものをつくりたくなったのだ。ぼくはいつも突如思いつき、発作的にやってしまう。ハタ迷惑なヒトなのだ。

「机の上の動物園」というような小さな本を作りたいんですよ。そう言ってざっと内容を話した。この編集者はいつも話が早い。

上原ゼンジ
★職人肌の写真家。自分の道をきちんと見つけていいふうに育ってるなあ。

編集者・佐々木さん
佐々木勇志。
★おもねることなく的確にマイペースに書き手とつきあって仕事している。プロ編集者だなあ。

「やりましょう」

そのパワフルで活きのいいところが、ぼくが駆け出しの頃にであい、たちまち本を出してくれてベストセラーにまで持っていってくれた星山さんによく似ている。そういえばそのときの星山さんの出版社は「情報センター出版局」といった。なんだか社名の雰囲気がよく似ている。

こういう本の原稿をカキオロシテいくのは楽しい。いろんな「お話」が勝手に次々と生まれてくるのだ。

その本に登場する話はグループごとになった。全部で七つのお話だ。小さな小さな映画づくりに似ている。

12月19日(月)

「本の雑誌社」の浜本社長から電話があり目黒考二が肺ガンで入院したという。いきなりの話だった。すでにステージ四で余命一カ月という。目黒とは五〇年のつきあいだが、これまでそんな兆候は聞いていなかった。賢いやつだったから自分なりの意思をもっていたのだろう。そういうやつだった。いまは電話で話をする

星山さん
星山佳須也。長身ガニマタ歩行の編集者。『さらば国分寺書店のオババ』などを担当。
★ある一時代を築いた人。風貌も話し方も関西ヤクザのイメージで、マンガ『黒と誠』の作画そのまんまだ。

「本の雑誌社」の浜本社長
浜本茂。編集者。
★メグロのいい相棒だった。苦労人タイプだがどんどん力を発揮してまさに「青は藍より出《いで》し」だ。

こともできない、という。かなり狼狽する。どうしたらいいのか具体的にやるべきこと、考えるべきこと、が思いつかない。

少し考えて浜本にもう一度電話する。浜本も第一報以上のことは知らないようだ。目黒本人とは浜本も話していないらしい。その報《しら》せは家族からの連絡なのだろう。少し狼狽し、木村晋介に電話する。今聞いたことを知らせるぐらいしかできない。

夕方近くまた浜本に電話する。あたらしい話はない。あたりが暗くなるまで窓の外を見ていた。自分の無力さをつくづく感じる。

12月22日(木)

年末なので業者にお願いして恒例の大掃除だ。ぼくはずっと娘の部屋で本を読んでいた。コロナ以降、まとめて本を読む機会がなかった。

雑魚釣り隊の竹田に電話して年末恒例の粗大ゴミ合宿に行かない旨を伝える。出かける気になれない。

12月20日
◆鶏卵価格が一九九一年三月以来三一年ぶりに三〇〇円台に高騰（一キロMサイズ、東京、JA全農の卸売価格）。鳥インフルエンザの感染拡大で。

12月21日
◆ウクライナ・ゼレンスキー大統領が訪米、バイデン大統領と会談、記者会見ののち議会でスピーチした。侵攻後、初の海外訪問。
◆NASA（米航空宇宙局）は、火星探査機「InSight（インサイト）」の運用を終了すると発表。二〇一八年から火星のエリシウム平原上で調査にあたっていたが、徐々に積もった塵《ちり》の影響で太陽光パネルによる発電量が低下したためとみられる。

12月24日(土)

東京新聞を手にすると一面に「タイのインフルエンザが日本の――」という見出しが打ってあった。タイの観光客がインフルエンザに罹《かか》ったのだろうと思い、「日本は寒いもんなあ。よりによって寒波が来ている時にタイの人も気の毒だなあ、お大事に」という労《いたわ》りの心を持って読んでいたのだが、阿寒湖で記念撮影をしたとかなんとか、観光名所を巡るモデルケースがどうとか、齟齬《そご》がたくさんある。

おかしいなと思ってもう一度、ちゃんと読むと「インフルエンザ」ではなく「インフルエンサー」なのだった。ぼくはそんな言葉を知らないので一枝さんに聞くとすぐに教えてくれた。最近の言葉なんだろう。なんだか東京新聞の計略か！ と感じたりもしたがしかし、新しい言葉がいっぱいあるなあ。

12月26日(月)

神保町の集英社で新刊『失踪願望。』がらみのインタビューを二誌から受ける。

12月25日
◆日本近代思想史家の渡辺京二氏が老衰のため熊本の自宅で死去。享年九二。一九六五年、雑誌「熊本風土記」創刊、石牟礼道子氏との交流から六九年「水俣病を告発する会」などを立ち上げる。代表作に『逝きし世の面影』など。

コロナ感染についての質問が多いのは仕方ないけれど、愉快な話題ではないのでやや落ち込む。昔は「次はあそこに行く」とか「来年はこんな取材をしてみたい」とか、インタビューは未来についてのことが多かったし、自分から話していた。

我はもうおじいなのだなあ、ちょっとつかれたなあ、新宿三丁目で焼酎のお湯割りでもやろうと思っていると、帰り際に文芸の元担当編集者、村田登志江さんが会いにきてくれた。

間違い無く恩人のひとりで、ぼくがまだストアーズ社で働いている頃に出会っている。まだ無名に等しかったぼくに「椎名さん、家族のことを書いてみませんか」と提案してくれて、それが『岳物語』という小説になった。

再会を喜びつつしばし話し込んだ。「椎名さんは永井荷風のようになったらいいのではないか」という彼女の言葉についてその夜はしばし考えた。

12月27日（火）

目黒からの電話はいきなりかかってきたのですぐに何を話して

12月26日

◆人間国宝の三味線奏者・常磐津英寿さんが一五日に死去と発表。享年九五。

◆アニメ制作会社「ぴえろ」創業者の布川ゆうじさんが二五日に死去と発表。「ニルスのふしぎな旅」「うる星やつら」など。享年七五。

村田登志江

編集者。編集Tにブンゲイのイロハを教えた元上司。

★ざっくばらんでなんでも相談できるようなヒト。『岳物語』連載のころからずいぶんお世話になりました。

いいのかコトバが頭にうかばなかった。

長く、深い、親友、相棒だった。

電話の声はさすがに低く沈んでいたが、でも力はないけれど笑っているような声だった。

「もう病気のことはガンバレとか言われてもいまさらどうしようもないので、なにか楽しい話をしようぜ」

彼は言った。電話ではなしをする力はいまはあまりないのだという。

「そうだろうな」気持ちはわかった。とにかく長いつきあいなのだ。ふりしぼるようにしておれたちに共通する面白かった頃の話を必死に思い出した。やつはサラリーマンのときぼくが編集長をしていた雑誌の部署に入り、やがて一緒に「本の雑誌」をたちあげ、全国にいきわたる月刊誌に育ててこれまでやってきたのだ。

「いろんなコトがあったけれどみんな面白かったよなあ」

「そうだったなあ。暇になるとよくキャンプに行って焚き火を前に唄を歌ったなあ」

「目黒はいつも、ひょっこりひょうたん島だったよなあ。ソース瓶をマイクがわりにしてなあ」

「怪傑ハリマオのときもあったぞ。歌によってマイクを変えたんだ。マヨネーズチュウブのときもあったよ」

「自分も歌いたいやつがそのマヨネーズチュウブを横取りしようとした」

「マヨネーズなのに」

「あれでけっこう真剣だったんだなあ」

電話のむこうで目黒は少し笑っているようだった。でもぼくは話しながら涙が流れてこまっていた。

やがて疲れてきた、と彼は言った。もう電話をきらなければならないようだった。

「そろそろ疲れたよ」

「そうか。そうなんだろうなあ」

「じゃあな」

「じゃあな」

最後の話はそんなものだった。話をおえたあと、しばらく体が震えてならなかった。

ひょっこりひょうたん島
一九六四年からNHKで五年間放送された一五分の連続人形劇。漂流する島を舞台にした奇想天外な物語は、まだ無名だった井上ひさし、児童文学作家の山元護久が脚本を担当、『チロリン村とくるみの木』のディレクター武井博が演出を担当していた。

怪傑ハリマオ
一九六〇年から一九六一年まで放送されたテレビ映画。

12月28日(水)

昨日、ぼくのマゴの風太君にLINE《ラ イ ン》というものの設定をしてもらった。目黒は電話は疲れるというので、これからはこれでやりとりするそうだ。ぼくはうまく文字が入力できない。

娘の葉がニューヨークから帰省した。「おかえり」と声をかけると、満面の笑みで「ただいま」と応えた。元気そうだ。

いつも「何月何日から何日までいるからね」と事前に連絡してくれるのだが、忘れっぽいぼくはすぐに忘れてしまう。でもいいのだ。彼女が帰国する数日前から家にじわじわとワインやチーズなどのハイカラな酒や肴が届き始め、「もうこれ置く場所ないねえ」と一枝さんとぼくが困り果てた頃にちょうどやってくる。そしてそれからはどんどん酒が減っていく。

出汁《だし》、うまい豆腐、練り物はニューヨークでもなかなか手に入らないだろう、と葉を迎える肴はおでんがいいのではと夫婦で意見が一致して準備していたのだが、昨日のうちに全部、食べてしまっていた。今夜の肴は子持ちナメタガレイの煮つけだ。彼女が

12月28日

◆建築家の磯崎新氏が死去。建築界のノーベル賞といわれるプリツカー賞受賞など。享年九一。

自分で用意していたスパークリングワインと赤ワインで帰国を乾杯する。

コロナ関係で渡航にまつわる煩雑な書類や手続きがかつてはたくさんあったが、今はほとんど撤廃されているようだ。

12月31日(土)

絶対に吹きこぼれない鍋（なんとかいう人の名前がついていた）、というものを一枝さんが仕入れたようで、葉が帰ってきてからは鍋の日々が続く。ワンタン鍋、鶏団子鍋。年が明けたらしゃぶしゃぶもいいね、と母と娘は楽しそうだ。もちろんどれもうまいので異論はない。この鍋は、ヘリが高い設計で蓋が鍋の内側にずっぽり入っているので、絶対に吹きこぼれないんだと一枝さんは誇らしげだった。具材で満たして強火にかけたら吹きこぼれるんじゃないかと思ったがそんなことは口に出さないほうがいいに決まっている。ぼくはニコニコと鍋を食べているだけだ。

赤ワインで少し酔ったが、少し原稿を書いた。年越しの瞬間は書いていたか寝ていたか分からない。

12月31日
◆前ローマ教皇のベネディクト一六世がバチカン内の修道院で死去。享年九五。
◆紅白歌合戦史上最高齢・八五歳での出演となった加山雄三さんが「海　その愛」を熱唱。

初夢、訃報、オムマニペメフム

二〇二三年一月

1月1日(日・祝)

あけましておめでとうございます。そうやって妻と娘と言い合えるのは嬉しいことだ。娘の葉はもうアメリカ暮らしのほうが長いくらいなので、日本のお正月をとても楽しみにしているようだ。

一枝さんがささやかなおせち料理を用意してくれたのでみんなで囲む。栗きんとん、黒豆、エビという伝統的な具材は華やかでうまい。お屠蘇《とそ》としてシャンパンを飲みお雑煮も食べた。

1月2日(月)

初夢はゴーカ三本立てだったのだが、その真ん中の一本は何かよく分からない生き物と対峙する戦闘ものだった。興奮して手足

1月1日

◆北朝鮮が日本海に向けて短距離弾道ミサイルを発射。

を振り回したのだろう。ベッドから落下し、顔面を強打してしまう。バカだなあ。額と鼻の下の二カ所から出血していたが、そのまま初夢の三本目に突入してしまった。朝、血塗《ちまみ》れで起きてきたぼくに家族は驚いていた。

幸い傷は浅く、血は既に止まっていたが、なんだか大変な一年になりそうだ。天気はよく上々の元日だったのだが、好事魔多し。

1月4日(水)

葉がいるあいだ、昼間は原稿を書き夕方からワインで晩酌という幸せなリズムがうまれつつある。昨夜はレタスしゃぶしゃぶ。今日はコロッケ。明日はネギグラタンと牛肉のすき煮だという。葉が買ってきてくれたバローロという名前の赤ワインを「うまいじゃねえかバーロー」と言いながら飲む。

毎晩、夕飯後には「明日はなにを食べたいか」という会議が厳かに開かれ、一枝さんと葉は楽しそうだ。なんだか食べることばっかり話している気がする。女のひとたちの途切れないおしゃべ

1月3日

◆渋谷区のサイトに障害。国際的ハッカー集団「アノニマス」によるサイバー攻撃とみられると区が発表。公園再開発をめぐるホームレス排除問題等に抗議か。

◆第九九回箱根駅伝で駒澤大学が二年ぶり八度目の総合優勝。大学駅伝三冠は史上五校目。

◆映画監督の龍村仁さんが死去。ドュメンタリー映画『地球交響曲〈ガイアシンフォニー〉』シリーズで知られる。享年八二。

1月5日

◆大阪・道頓堀に関西弁で話す「IoTゴミ箱」が設置され、実証実験がスタート。インターネットに接続しソーラーパネルを搭載。ごみを入れると「協力おおきに」と音声が流れる。

りが家のあちこちからふと聞こえてくるのはよいものだ。時々、映画も観る。

1月7日(土)

天気のいい中、千葉へ向かう。新年明けて初めての外界だ。「ぼくの幕張物語」というテーマの講演だったので、「幕張メッセは嫌いだ」とか「千葉の護岸工事はアホだ」とか、好き勝手に話していたけれど大丈夫だったろうか。

せっかくなので帰りしなに懐かしの小岩で新年会をやりましょう、ということになりこの「失踪願望。」の連載チームも来てくれた。かつて仲間たちと暮らしていた中川放水路のあたりをグルグル歩く。

五〇年ほど前に仲間ら四人と共同生活していた。江戸川区のくたびれたアパートの一室である。その跡地を探しに行った。激しく変転している東京の下町である。見つかるかどうか見当もつかなかった。結局わからなかった。当然ながら風景がまるっきり変わってしまったのと、住んでいた当時のその痕跡を示すメモや写

懐かしの小岩
詳しくは傑作青春小説『哀愁の町に霧が降るのだ』（一九八一）を参照。その後日譚「哀愁の町に何が降るというのだ。」は「本の雑誌」で好評連載中。ちなみに映画『哀愁の街に霧が降る』（一九五六）は、日高繁明監督、菅原文太主演の東宝映画。

真などがまったくなかったからだろう、と思った。

町は変わってしまったけれど川は残っていた。新中川放水路である。

夕暮れちかい川の風景は土手にコンクリートの護岸がほどこされていて様相を変えていたけれど、川幅や流れのイキオイはむかしと変わらなかった。

当時一緒に暮らしていた木村晋介、沢野ひとし、高橋コロッケ君などと一緒によく来た川はちゃんと同じところを流れていた。川をわたる鉄道の引き込み線は五〇年の時をへても、まったく変わらなかったのが泣きたくなるくらいやるせない「むかしのまんまの風景」だった。

世の中を何もかも暴力的に変えていってしまった昭和も令和も流れる川面を変えることはできなかったのだ。もう使っていないらしい鉄橋の「ナナメぐあい」もまったく変わりなかった。

ぼくたちはそのむかし、夜中にその鉄橋の橋脚の上で安酒を飲み、茶碗を叩いて歌をうたっていたものだ。

その頃住んでいた安アパート。克美荘の部屋で酒なしの夕食が

沢野ひとし
イラストレーター、エッセイスト。シーナとは高校の入学式の日からのくされ縁。近著『ジジイの片づけ』(二〇二〇)、第二弾『ジジイの台所《だいどこ》』(二〇二一)では、登山愛好家ならではのミニマリストぶりも披露している。
★年をとってみて初めてサワノは〝意地っ張り〟なんだとわかった。ヒトの噂バナシが大好きなところも高校のころからちっとも変わらない。

終わって、なんだかひどくむなしかったので、

「酒飲むなー酒飲むなーのーご意見なれどおー、さのヨイヨイ！」

などと四人で合唱していたらやっぱり飲みたくなってしまって、みんなでなけなしの金を出しあってその頃もっぱら飲んでいた超安合成毒酒を買い、夜中の宴会のためにその橋にやってきたのだった。線路を伝っていって枕木のあいだから川のうえの橋桁《はしげた》の上に降りていき橋脚上にちょっとした〝宴会場〟をつくる、という乱暴な作戦だった。

わざわざそこまでやってきたのは、アパートの部屋で宴会をしているとトナリ近所の部屋から「しずかにしちょれ！」などと怒られることがよくあったからだ。

橋脚の上でクルマ座になって茶碗叩いて歌っても聞いているのはナマズぐらいのものだったからもう怒られはしなかったけれど、あるとき夜間パトロールの警官に見つかってしまった。でもその警官はイキなやつだったのか、あるいは臆病だったのか、懐中電灯をふりまわすだけで、ぼくたちが宴会をしている橋桁の上

にまではやってこなかった。

なぜ橋までは進入してこなかったのか、管轄が国鉄の所有する土地や施設だからかもしれないなと、ジワジワと記憶を取り戻しながら考えた。あれは正確には中川放水路橋梁という、総武線の貨物支線らしい。「ああ、あのときの景色だ。間違いなくここにいたんだ」と思いながら、写真をパチリと撮る。

この橋脚上の宴会風景は、ぼくのあたまのなかでは、いしいひさいちと、つげ義春のマンガを合わせたような情景になっている。

1月9日(月・祝)

毎日新聞の夕刊に載ったインタビュー記事を読んだ。

インタビューを受けるのはあまり好きではない。新聞や雑誌など媒体の知名度や大きさとは関係なく、不勉強な人が来ることもあるし、最初から結論ありきで質問してくる記者も多いからなあ。

昔はそういうことがあるといちいち怒ったりしていたし、逆に

いしいひさいち(一九五一—)
漫画家。『がんばれ!! タブチくん!!』『ののちゃん』など。シーナのデビュー作『さらば国分寺書店のオババ』(一九七九)の挿絵はいしいによる。
★一度もお会いしたことはないが勝手にずっと親近感を抱いて愛読している。わが書棚のいしいひさいちコレクションは今、風太くんが読んでいる。

つげ義春(一九三七—)
漫画家、随筆家。『ねじ式』『ゲンセンカン主人』など。二〇二二年、日本芸術院の新設分野「マンガ」の新会員として選出された。

カッコつけた回答をしていたこともあった。やはり年齢的なものなのだろうか、いつの間にか取り繕ったり感情を出したりするのも面倒になってきた。だから最近は聞かれたことに簡潔に答えるだけだ。

しかし、この日の上東麻子さんという記者は最初に挨拶をしただけで「頭のいい人なんだろうな」と分かる物腰と雰囲気の人で、インタビューを受けているというより黒ビールを飲みながら雑談を重ねて意見交換をしているうちに時間が経っていつの間にやら記事が出ているという稀なケースだった。

1月12日(木)

朝から机に向かう。

集中して原稿を書きたい時に「オムマニペメフム」(Om Mani Padme Hum)という宗教歌を繰り返し聴く。これは簡単にいうとチベット仏教による祈りの定番フレーズで、日本でいう「南無阿弥陀仏」や「南無妙法蓮華経」みたいなものだ。チベットを旅する時にずっと聴いていた。宗教的なメッセージもいろいろあるの

上東麻子さん
毎日新聞記者。「旧優生保護法を問う」取材班、連載「やまゆり園事件は終わったか? 福祉を問う」、著書『ルポ「命の選別」』(二〇二〇)などで多数の受賞歴あり。

1月10日
◆在日中国大使館が日本人と韓国人へのビザ発給を停止。日韓による新型コロナウイルスの水際対策強化への対抗策とみられる。
◆第八一期将棋名人戦・C級一組順位戦の九回戦で、日浦市郎八段がマスク着用をめぐり反則負け。日浦八段はいわゆる「鼻マスク」への再三の注意に応じず。
◆「最も偉大な一〇〇人のギタリスト」の一人と称されるジェフ・ベックさんがロンドンで死去。享年七八。

だろうけれど、今はもう忘れてしまった。単純にリズムと音階が好きでこれを聞いていると原稿がすすむような気がする。気がするだけだが。

その「オムマニペメフム」のＣＤが見当たらないので捜索隊（といってもぼく一人）が果敢に家中を這いまわっていると、葉が「YouTube にあるんじゃない？」と即座に検索してくれてすぐ見つけてくれた。

しかしぼくにはそんなものは使いこなせない。すると今度は孫の風太がやってきて「ワンタッチで聴けるようにするよ」とぼくのスマホをいじって、あっという間にトップ画面（というらしい）にオムマニペメフムが登場した。風太はすごいタイミングと早技《ハヤワザ》だった。風車の弥七のようだ。

オムマニペメフムを聞き、時々、口ずさみながら「世界のくしゃみについて」という新聞用の新年最初のエッセイを書いた。

1月13日
◆九日から欧米五カ国外遊に出ていた岸田首相がワシントンで米・バイデン大統領と会談。

1月14日(土)

なかなか原稿が捗《はかど》らなかったが、夕飯には見るからにうまそうなマグロの中トロ刺身がどっさり出たのでいい日だった。

1月15日(日)

高橋幸宏さんの訃報が届く。単純にとても悲しくて寂しい。

彼はぼくの映画の音楽をずっと担当してくれていた。映画は音楽で良し悪しが決まってしまうようなところもあり、名作にはセットで名曲がある。幸宏さんもそのあたりを良く分かっていたように思う。『ガクの冒険』で犬のガクが走るシーンなどは、音楽が重なると躍動感が倍増するような素晴らしい作品を作ってくれた。彼の代名詞的な音のひとつであるシンセサイザーを知ったのもこの時期だ。

どの場面でも全体のトーンだけ簡潔に伝えると、当意即妙であっという間に脚本の邪魔をしない効果的な音楽をつけてくれた。だからぼくらの打ち合わせはいつも周囲が驚くくらい短かった。『あひるのうたがきこえてくるよ。』では福島の山間のロケ地に「打ち合わせがある」と来てもらって、祭りのシーンの露天商のエキストラをしてもらったのは傑作な思い出だ。彼はずっと「絶

高橋幸宏（一九五二―二〇二三）ミュージシャン。「サディスティック・ミカ・バンド」「YMO」「ビートニクス」「スケッチ・ショウ」など多くのバンドに参加、プロデューサーとして活躍。一月一一日に誤嚥性肺炎で死去。享年七〇。

『ガクの冒険』（一九九〇）椎名誠監督、犬のガクと野田知佑主演。

対に嫌だ」と不機嫌そうにしていて、その態度がとても面白かったので「そのままでいいから」と伝えたら、機嫌の悪い妙なお面屋としてそのまま銀幕デビューを果たしてしまった。「椎名さん、ひでえよ」と言いながらも最後は笑っていた。

彼は繊細な純文学のような人だった。いつもモノ静かで、じっとうつむいて喋っているようなところがあった。ぼくの映画にいつもいい音楽を作ってくれた。その音楽を聞くと映画の映像にユキヒロさんのおもかげが脳裏にはしり、つくづくやるせなくなる。

いろんなコトがぼくと彼は対照的だったけれどひとつだけ一致していたのは当時乗っていたクルマだった。ふたりともスウェーデン製のサーブだった。さしたる高級車ではなかったが、ドアを閉めるときの重厚な音がいい、このクルマ以外、世界のどこにもない！　と我々の意見は激しく一致していた。

1月16日(月)

小雨模様。午後から調布に向かい「マンガ家・つげ義春と調

1月16日

◆三〇年にわたり逃亡を続けていたイタリア・マフィアの〝大物〟マッテオ・メッシーナ・デナーロ容疑者を逮捕とイタリア警察が発表。六〇歳。

◆イタリアの俳優ジーナ・ロロブリジーダさんが死去。代表作に『夜ごとの美女』など。享年九五。

布」展を見学する。

　原画はもちろん、縁の深い調布の地図などが興味深く、じっくりと時間をかけて見て回った。改めて展示を見ると、つげさん描く貧しさと日常、そして漫画だと「コマ間」というのだろうか、行間ならぬコマとコマの間《あわい》、そこに潜む狂気や侘《わび》しさというのが感じられて、やはり唯一無二の作家だなあと感じる。

　つげ義春さんの作品を「ジャンル」として的確にいいあらわす語句はないのだろうか。

「マンガ」としてくくってしまうのはあまりに軽すぎるし、劇画というのでは通俗的すぎてちょっと違うような気がする。

　絵物語、というのもなあ。私小説というジャンルの絵画版というのはありきたりだろう。やはりキメ手が見つからない。

　つげ作品を見ていると、自分にもこうした奥のある、でも映画みたいにどこかが常に効果的に動いているような「話」を絵に描ければなあ、と羨ましく思うことがある。望む光景を撮れない映画の監督のようなもどかしい気分だ。

　つげさんのエッセイに一時期中古カメラの買い取りや販売をし

ていた話があった。その日の展示にもつげさんのコレクションのカメラが少し出ていた。本当はもっと沢山の種類があったんだろうと思うと残念。
とてもいい展覧会だった。素朴な構成だが無料というのもえらいですな調布市などと皆で言い合いながら新宿へ向かい、犀門でハマチの刺身を肴に黒ビールを飲む。

そういえばぼくの自宅の近所に小さな中古カメラ屋ができた。日曜日などゲタをカラコロさせて散歩がてら覗きにいくのにちょうどいい。四〇代ぐらいのいかにも「カメラ小僧」っぽい人がレンズを磨きながら店番していて、昼から夕刻ぐらいまでの営業らしい。キヤノン、ニコン、ライカのむかしの人気カメラが並んでいた。ぼくの持っているものでいちばんカネメのものはライカマウントのレンズ「ノクチルクス（ノクティルックス）」だった。一本で一〇〇万円はするらしい。まったく文無しになったら売りにだす候補が決まった。

ノクチルクス
ライカの超大口径レンズの名称。「ノクティ（NOCTI）」とはラテン語で「夜」、「ルクス（LUX）」は照度の単位で「光」の意味。

1月17日
◆阪神・淡路大震災から二八年。各地で追悼行事が執り行われた。
◆中国の二〇二二年末時点の総人口は一四億一一七五万人で、二一年末から八五万人減ったことが明らかになった。人口減は一九六一年以来、六一年ぶり。
◆作家で精神科医の加賀乙彦さんが一月一二日に死去と発表。享年九三。

1月18日
◆福島第一原発事故で強制起訴された東京電力の旧経営陣三人に対して、二審の東京高裁も無罪判決。

1月19日（木）

目黒考二が死んでしまった。とてつもないショックで呆然とするだけでなにもできない。

夕方からの新潮社との打ち合わせは中止にしてもらった。何か本を読もうとしたが、うまく読めない。

1月20日（金）

いきなり微熱が出た。

世が世だし、小伝馬町のギャラリー「ルーニィ」で予定されていたハービー・山口さんとのトークイベントを欠席させてもらう。先方には迷惑をかけてしまったので、電話を会場とつないで少しだけ話をした。何を話したか覚えていない。身体にうまく力が入らない。

1月22日（日）

植村賞の選考会で九段会館へ。

この「植村直己冒険賞」は二七回目を数えて、知名度も上がっ

1月19日

◆第一六八回芥川賞に井戸川射子さん「この世の喜びよ」と佐藤厚志さん「荒地の家族」の二作。直木賞に小川哲さんの『地図と拳』、千早茜さん『しろがねの葉』が選ばれ、両賞ともにダブル受賞となった。

ハービー・山口（一九五〇―）

写真家、エッセイスト。デビュー前のボーイ・ジョージ、福山雅治、布袋寅泰らミュージシャンのポートレート作品で知られる。

1月22日

◆車いすテニスの国枝慎吾選手が自身のツイッター（現エックス）で引退を発表。二〇二二年七月、ウィンブルドン選手権シングルスで初優勝し四大大会すべてとパラリンピックを制する「生涯ゴールデンスラム」を達成し、世界ランク一位のままの引退となる。

てきたようだ。それ自体はいいことなのだが弊害のようなものもある。情報ばかりが溢れる現代において未知や未踏というものが減っていき、あるいはそこに辿りつく手段や目的が商業的だったりするのだ。

わかりやすくいうと金の出どころだ。いくら八〇〇〇メートル級の登頂であっても道具が発達しルートも研究され何十人ものアシスト隊がいる環境下で、果たしてそれを冒険と捉えていいのだろうか。どんな冒険でも費用はかかるが過剰な場合は、審査が難しい。コロンブスやマゼランだって王室がスポンサーだったわけだしなあ。

そういう意味では今回、受賞した野村良太さんの「北海道分水嶺積雪期単独縦断」は着眼点からして、うまく意表をついた。北海道という身近で偉大な土地の掘り起こしにも一役買うだろう。

冒険賞の構造を見直す時期かもしれない。野村さんの受賞が良いきっかけになるかもしれない。

◆相続人不在により国庫に入った遺産総額は六四七億四五九万円、過去最高を記録した前年度比から七・八％増とわかった。「おひとり様」の増加や不動産価格上昇に伴い。

植村直己（一九四一―一九八四）登山家、冒険家。日本人初のエベレスト登頂をはじめ世界五大陸最高峰登頂（一九七〇）、世界初犬橇単独北極点到達（七八）、世界初マッキンリー（現・デナリ）冬期単独登頂（八四、下山中に消息不明）など数々の記録を打ち立てた。二三歳のとき、横浜港から移民船「あるぜんちな丸」に乗り込み米国へ向かったのが〝冒険〟のはじまりだった。

1月25日(水)

目黒の訃報を本の雑誌が発表して大きなニュースになったらしい。ぼくは本の雑誌と自分の事務所に「取材やコメントは受けたくない」と連絡していたので、静かだった。追悼原稿なんて書きたくない。

1月27日(金)

明日から一泊で伊豆方面に行くのでテレビで天気予報を確認する。二三区内を含め首都圏に降雪の可能性があるらしく、新橋や新宿からもうヘルメットをかぶって中継していた。もっともアホらしいのはわざわざ八王子まで行って「まだ雨ですが、夜中から雪に変わるかもしれません!」と悪天ほど嬉しそうに騒ぐテレビの人々だ。誰に対する情報なのだバカめと言いながらビールを飲んで寝る。

1月28日(土)

東京駅から昼下がりの「こだま」に乗って三島へ。車内に偶

1月25日

◆日本列島が強い寒気に見舞われ、積雪のため各地で車や列車が立ち往生するなど、混乱が続いた。

1月27日

◆岸田首相は新型コロナウイルスの感染症法上の分類を季節性インフルエンザと同等の「五類」に引き下げることを決定。五月八日実施予定。

然、舞の海秀平さんがいた。

「いつも青汁、飲んでますよ」とか言いたかったが、飲んでないので話しかけなかった。一時間もしないで三島に到着。舞の海さんも降りていた。

明日、井上靖さんの命日にあわせて「あすなろ忌」という会が伊豆市で行われるのでそれに招かれたわけだが、なぜかこの連載を担当する編集武田とライター竹田のダブルタケダがついてきた。

「富士の名水で育ったうなぎを食べましょう」と武田。「伊豆の玄関口、沼津にはいいビアパブがあるのです」と竹田。それぞれ好き勝手言っている。

このダブルタケダの失踪チーム（この連載の取材班）はこうして何かにつけて東西南北に帯同してくれる。基本的にはありがたいのだが、作家（ぼくのこと）をとっとと失踪させたいのか、本格的に失踪されると困るので見張っているのか、あるいはただ酒が飲みたいだけなのか、まだ判然としないから油断できない。

きっぱりと晴れた空と太平洋。風が強い。海辺の千本浜公園と

舞の海秀平（一九六八―）
タレント。〝技のデパート〟〝平成の牛若丸〟と愛された元大相撲力士。最高位は東小結。青森県西津軽郡鰺ヶ沢町舞戸町出身。

井上靖（一九〇七―一九九一）
シーナがもっとも敬愛する作家であり交流があった数少ない作家のひとり。『楼蘭』（一九五九）、『おろしや国酔夢譚』（六八）の舞台に旅した際に、かの地を踏んでいない井上の描写力に驚嘆したという。

あすなろ忌
毎年、井上靖の命日（一月二九日）に近い日曜日に伊豆天城湯ヶ島で開催。シーナは基調講演にゆかりの作家として招待されていたが、コロナ禍の二〇二二年は中止となっていた。

いうところで海を少し見てから、墓参りに行った。東海道線の線路近くに菩提寺があり、けっこうな名刹らしい。昔は近くに来た時に寄っていたのだが、車を手放してから足が遠のいていた。

久しぶりなのでちと迷ったが無事に墓前までたどりつき手を合わせた。

たいしたことはしてないのだが、なにか晴れやかな気持ちになるので墓参りは不思議だ。「ともかくマグロとビール！」と沼津港に移動する。なんせ朝から何も食べてない。

丸天という有名店でマグロ三昧という素晴らしいメニューを食べた。ビールもガシガシ飲む。竹田はマグロの卵を醤油や砂糖などで煮付けた珍味「こす煮」というものを気に入って「これは日本酒ですなあ」と嬉しそうだ。

マグロをたいらげて、ビールも二杯空けたところで編集のタケダさんが「もうちょっと何か食べましょうか」と聞く。ライタータケダは「おれはサケ、切り替えます」と地酒を選んでいる。ぼくは「マグロ三昧がいいな」と宣言した。

「え、またマグロ食うんすか」とライタータケダ。

「本当に好きですねえ」と編集タケダ。

「じいちゃん、マグロはさっき食べたでしょ」の世界だ。しかしぼくは食べた。うまかった。マグロの血合いステーキという、いかにもうまそうなものは品切れだったので、また来ますと言って出てきた。日が暮れた漁港の海風は冷たくて一気に酔いが醒める。

三島駅そばのホテルに荷物を置いてからもうちょっと打ち合わせましょうとホテルと同じビルに入っている居酒屋へ。またマグロを食べたかったが、驚かれそうだったので最近、三島の名物だというコロッケをつまみながら焼酎の梅干し割りをちびちび。うまかったのだが、なぜかいまひとつ酔えないし、部屋に入っても眠れない気がしたのでそれをダブルタケダに伝えると、即座に三軒目に行こうと意見が一致した。

店構えだけで決めた「大しま」という居酒屋に飛び込む。地域に愛されていそうないい店だった。閉店間際で簡単なものを肴にしておのおの好きなものを飲んだ。三軒ハシゴなんて何年ぶりだろう。

1月29日(日)

レンタカーで伊豆半島を南下し、伊豆市へ。快晴。あすなろ忌講演会「井上靖と椎名誠のあやしいつながり」は午後二時からだが、渋滞が怖いので早めに出発したら昼前に着いてしまった。あまった時間で浄蓮の滝に行く。「天城越え」では何度も聞いている耳馴染みのある場所だが、実際に行くのは初めてだ。

竹田が「どうにも爛《ただ》れた歌詞ですが、その秘密は滝壺にありそうだ。ちょっと行って確かめてきます」とフットワーク良く滝壺までの階段を降りていった。ぼくはバカめとレンタカーの中で昼寝していた。爛れた夢を見るかなと思ったが見なかった。しかし、あのようなフテイな男女関係の話は恥ずかしくってぼくには書けないだろうな。

昼寝から起きて目の前の蕎麦屋で昼飯。生ビールも飲んで準備万端で会場の天城会館へ。

ぼくの講演の前に井上先生の曽孫さんによるピアノ演奏などがあり会場は終始なごやかな空気だった。いきなり謎のオババが控

浄蓮の滝
伊豆、狩野川上流にかかる名瀑布。高さ約二五メートル、幅約七メートルの滝の玄武岩には、天然記念物のハイコモチシダが群生している。渓流沿いのわさび田の風景も天城名物。

「天城越え」（一九八六）
石川さゆりが歌い第二八回レコード大賞金賞を受賞。作詞・吉岡治、作曲・弦哲也の二人が天城湯ヶ島の温泉旅館「白壁荘」に逗留し制作した〝ご当地ソング〟。浄蓮の滝にはもちろん歌碑が設置されている。

え室まで突入して来て餅をくれたりした。また違う男性には初島周辺で獲れたという大ぶりのサザエを沢山差し入れてもらった。

　今は多くても月に一～二回程度になっているが、かつては講演やサイン会などの依頼がたくさんあって、ぼくはわりあい気軽に引き受けていた。以前は一人でじゃんじゃん行動していたが、いまはこの連載チームができているので単独行動ということはなく、いつもさしたる問題はない。

　日本はセキュリティが甘い、とよく言われるが呑気にかまえていた。でも状況によっては楽屋とか控え室までやってくる熱心なヒトもいる。ありがたいことではあるけれどこれからする話の考えをまとめる時間がほしいので困ることもある。

　伊豆では講演直前まで沢山の人が来ていたのでつい準備し忘れてしまい、講演の途中でトイレ（小のほう）にいきたくなり、ことわって中座して用足しにいってきた。我慢していると何を話しているかわからなくなりそうだったのだ。

　たったの二～三分だったけれど戻ってきたら沢山の拍手。トイレが終わっての拍手なんて人生初めてのことだった。少しトクイ

1月31日
◆長野県小谷村のスキー場のゲレンデ外で発生した雪崩事故で、死亡した二人のうちの一人は、米出身の元世界選手権（ハーフパイプ）王者のカイル・スメインさんと分かった。享年三一。

になった。バカですね。歳も歳だし、これからはもっと自己管理に気をつけないと。

帰りの道中でサザエをなじみの新宿の居酒屋に送り、三島の街でうなぎを食べビールを空け、ハイボールを片手に「こだま」で東京に戻る。まあイロイロのものを食った！　心地よく疲れた。

闇黒、ズタボロ、閉鎖月間

二〇二三年二月

2月1日(水)

目黒の葬儀に行きたかった。でもよわったことになかなか決心がつかない。目黒はぼくより若い親友で、いろんな意味で親密な同志だった。

「本の雑誌」を彼と二人でたちあげ、育てていく過程でぼくはいつも彼の考えを頼りにしていた。そういうやつの葬儀なのに、参列の決心がつかない。

彼がいちばん愛していた残された奥さんや二人の息子たちを見るのが辛かった。もっと割り切ろう、としきりに思うのだが、そんなに簡単にはいかなかった。ケジメやメリハリという言葉が頭のまわりをくるくる回っていたが行動にはならなかった。

どうしてなんだろう、と考えたが、葬儀のあれこれに触れてし

2月1日

◆サッカー元日本代表の三浦知良選手がポルトガル二部リーグのオリヴェイレンセに約四カ月の期限付き移籍をすることが決定。五五歳。

まうと、それっきりまったく目黒が去ってしまうような気がしていた。

ぼくのなかでは、彼の死はずっと曖昧にしておきたかった。社会性のない、身勝手な考えなんだろうな、とは思うけれど、彼の死を認めてしまうことは、もっとはかりしれない沢山の大きなものを失うような気がした。


夕刻から新宿の馴染みの居酒屋「犀門」に本の雑誌社の面々と集まる。大きなお別れの会を後日やるそうだが今日の集まりはぼくがよびかけた。思えばこれまでしょっちゅう目黒といろんなことの打ち合わせをしてきた店だった。

端っこの丸テーブルとその隣りの細長テーブルをかこんで親しかった人々が集まった。伊豆でもらったサザエを肴に、焼酎お湯割りに梅干しを入れ、何杯も飲んだ。

目黒がタバコをやめた時の話とか、意外と武闘派が好きだったとか、競馬で勝ったことを隠していたこととか、昔よく行った四谷のおでん屋の話とか、話は次々と移り変わっていく。しんみりしないのでそれが心地よかった。ヘンに取り繕うこともなく美化することもなく、抑制された泣き笑いの散らばるいい会になった。

目黒が「本の雑誌」の編集にいちばん力をこめていた頃、真夜中でも編集部に行けば目黒および編集スタッフらとすぐに会える、ということがなによりだった。それが精神的にも楽だった。

その頃、ぼくは仕事で世界のいろんな国に行っており、そこで体験した世界のアレコレ話をメグロによくしていた。彼にはそういうことは基本的にどうでもよく、仕事の手を休めずに面倒くさそうに聞いていたものだった。彼はいつも睡眠不足の顔をして、やたらにタバコを吸っていた。

彼は家に帰らず「本の雑誌」の編集仕事に没頭していた。その仕事を終えるとすぐに賭け事「チンチロリン」に没頭していた。

サイコロを三つ使ってやるもっとも原始的なバクチだ。やりはじめると大抵、朝までぶっ続けだった。その折りにいかにも彼らしい話を聞いた。

ある朝フラフラになってアパートに帰ったときのことらしい。

彼はとりあえずコーヒーでも飲もうと湯を沸かすためにガスの火をつけた。

いくつものガスの小さな炎を見ているうちに混濁した彼の目にはそれらが沢山のサイコロに見えたという。

フラフラとその噴出孔から出ている小さな炎のいくつかを摑もうとしたという。本当に炎を摑んでしまう一瞬前にこいつはとんでもなく危険なことだ、ということに気がついたらしい。そのまいったら予測どおりの惨事がおきた筈である。

目黒にそんなつくり話をするサービス精神はない。なんにせよとにかくトコトンのめり込んでいくやつだった。ぼくはいかにもメグロらしい話だなあ、と笑って聞いていたのだった。

明日は目黒の葬儀だ。迷ったが、ぼくは前々からの予定通り仕事に行くつもりだ。

2月2日(木)

宮古島文学賞の選考会に行く。南島でのやりとり、ということもあってか行くたびに気持ちがゆったりする。少し風は強かった

2月2日
◆ギネスワールドレコーズ社がポルトガルに暮らす雄犬「ボビ」を存命する世界最高齢、三〇歳の犬と認定。ポルトガル原産の「ラフェイロ・ド・アレンテジョ」種で平均寿命は一二〜一四年とされる。

2月4日
◆三年ぶりにさっぽろ雪まつり開幕。一六〇基の雪像や氷像が展示され一一日まで開催。
◆LGBTQなど性的マイノリティへの差別発言をした荒井勝喜首相秘書官の更迭人事を岸田首相が発表。

が、南の島特有の湿気を含んだ空気に当てられて息をするのが楽になる。

選考委員の一人は沖縄の那覇に住んでいる。もう一人は当地の島の方。いつも論理的で夢のある議論になっていく。今回はその会合にのぞみながら、どうしても目黒の葬儀のことを考えてしまい、そのことに思いをめぐらしていた。

2月6日(月)

いきなり血圧が上がってしまって、体調がいまひとつすぐれないので慶應病院に行く。大きな問題はないみたいだ。先生と一五分ほど話して薬を処方してもらう。

このところからだの調子が悪い。なんだか理由がわからない。いままで体験したことのないようなだるさだ。つい最近行ってきた人間ドックのヘルスチェックではとくに問題はなかった。年齢による全身の体力の低下とでもいうのだろうか。いままで無邪気にいろいろ自分のペースでやってきたツケがまわってきているのかもしれなかった。

2月6日
◆六日未明、トルコとシリアの国境付近でM七・八の地震が発生。約九時間後に約一〇〇キロ北でM七・五の地震が発生。
◆香港・マカオと中国大陸部との往来が全面再開。新型コロナウイルス対策として約三年間制限されてきた。

2月8日
◆二〇二三年のウルフ賞・化学部門に菅裕明東京大学教授が米国の研究者二名と共同受賞。主催はイスラエルのウルフ財団で日本人の化学部門受賞は三人目。
◆岩手・田野畑村に縁のある住民から約五億二八〇〇万円超相当の金の延べ板一二〇枚が五日付で正式に寄付された。段ボールで延べ板実寸大の見本を作成した村長が説明。

2月9日(木)

眠れない時はテレビをつけて見たい映画や好きな作品がやっていたらそれを適当に見るのだが、たいした番組がない時は本を読む。読書は最高の娯楽であり、最良の暇つぶしでもある。本を読むという行為が好きで良かった。目黒は最後、本を読むことも難しかったらしい。痛みによるものだったのか、薬がきいて頭が働かなかったのだろうか。いずれにしても苦しかっただろうなと思う。

2月11日(土・祝)

定期的にストライキを起こすわが仕事道具のワープロだが、今回は大規模なものだ。うまく動かなくなってしまった。キーボードを押すと「レレレレレ……」「ねねねねね……」と永遠に勝手に打ち続けてしまう。

短いコラムくらいだったらすぐに書き直すが、タイミング悪く三〜四本まったくジャンル違いの原稿を同時進行していたので困

2月9日
◆銀座四丁目交差点の三愛ドリームセンターの解体が始まる。一九六三年建設。銀座のランドマークとして親しまれたこのビルにはかつて、八丈島のカズさんの妻・鈴美さんが勤めていた。

2月10日
◆アニメ「サザエさん」でフグ田タラオ役を演じてきた声優の貴家堂子《さすがたかこ》さんが五日に死去と発表。享年八七。一九六九年の放映開始から五三年「タラちゃん」を演じギネス世界記録にも認定されている。

わが仕事道具のワープロ
富士通「オアシス(OASYS)」。シーナは五四歳で手書きから親指シフト派に転向、虜に。メーカーから生産中止が発表されたときに、四台追加購入している。

った。
事務所のスタッフと、同じ機種を使っていたことのある本の雑誌社の浜本くんに連絡して、なんとかならないかと相談したらなんのことはない。ぼくがキーボードの設定をへんなふうに変えてしまっていたようだった。すぐさま動いたので原稿は間に合ったのだが、大騒ぎしてしまった。
壊れていたのはわが身だったようだ。

2月13日(月)

山形県の酒田市にワンタンメンを食いにいくという楽しいであろう取材の予定だったが、体調がよくない。これからタクシーに乗って羽田空港の検査ゲートをくぐって狭い飛行機のキャビンに押し込まれる。そう考えると不安になってしまう。二泊もホテルで泊まるなんてとてもじゃないけれどできそうもない。本当のところはなぜ行きたくないのか理由も分からない。昔は行くなと言われても荷物をまとめて、家を出ていた。何だか分からないが行き詰まった感じだ。

2月13日
◆将棋講師でアマチュア強豪の小山玲央さんが二九歳で棋士編入試験に合格。四月から順位戦に参加しないフリーランスの棋士四段となる。棋士養成機関「奨励会」に一度も在籍したことがない未経験者の合格者は戦後初めて。

酒田のワンタンメン
二〇二一年に酒田ラーメンの名店「満月」の三鷹支店を訪問。ライター竹田氏の酒田出張に合わせて現地再訪計画が持ち上がっていたのだった。

2月14日
◆トヨタ自動車名誉会長で元経団連会長の豊田章一郎さんが心不全で死去。享年九七。

2月16日(木)

今週は自宅でずっと原稿を書いていた。酒もそんなに飲んでいない。

夜はスウェン・ヘディンの『ゴビ砂漠探検記』を読んでいた。フィクションよりはノンフィクションのほうが没頭できるのでいい。

ヘディンのゴビ砂漠探検は魅力的かつ誘惑的な出来事に満ちており、ぼくもまさしくそれに気持ちをそっくりつかまれて結局、何度も読んだ。この探検家は絵もうまく翻訳本にはその絵が随所にあって、大きく夢をかきたてられた。ぼくはそのヘディンの行ったゴビとタクラマカン砂漠に現代の探検隊の一員として実際に行けた果報者だ。

小学生の頃から、最大のあこがれの世界であったところに実際にむかうのは途方もないヨロコビに満ちていた。探検隊ではないと入っていけないところだった。

ヘディンはラクダ隊、カヌー隊、自動車隊など、行くたびに探

2月16日

◆広島市立の小中高校で「平和教育プログラム」の教材として使用されてきた漫画「はだしのゲン」が二〇二三年度から差し替えられることに。教材を発行する市教育委員会は「被爆の実相に迫りにくい」と説明。

スウェン・ヘディン（一八六五―一九五二）

スウェーデンの地理学者、探検家。古代都市楼蘭遺跡探検の際に「さまよえる湖」ロプノールを発見した。

『ゴビ砂漠探検記』

原著『Across the Gobi Desert』の刊行は、一九三一年。シーナが読んでいたのは、解説を寄せた二〇二三年刊行の河出書房新社版。

★名作中の名作だ。何度読んでも面白い。

検方法を変えていたが「探検」という巨大な夢のある時代はあらゆることが魅力的だった。

ぼくは三九台の四輪駆動車隊で目的の遺跡に入っていった。そのとき思ったのはヘディンの頃はまだ四輪駆動車はなかったはずだからダートな砂の海への旅はさぞかし苦労したことだろう、という実感だった。

実際に砂漠の旅をすると、やはりラクダに乗る理由がよくわかった。でもラクダといえども生き物だから自然界の予想もつかない変化や攻撃に耐えられるか、という古典的な問題が常にある。ラクダで行く旅はシルクロードの別のところで体験した。

ラクダはあのトボケた顔に似合わずけっこうズル賢く意地が悪い。馬とちがってなかなかのワルだった。

2月19日(日)

外に出る気が起きない二月は閉鎖月間でいいと真剣に思う。

心配した編集者がビールでも飲みませんかと近所まで足を運んでくれた。宮古島以来ずっと家にこもっているからだという。

2月19日
◆シリアの首都ダマスカスで空爆。シリア国営放送はイスラエル軍によるものと報道。六日にシリア・トルコで大地震が発生して以来初めて。

「俺はズタボロですべてが最悪で寝てるから放っておいてくれよ……」と思ったが、腹が減ったので、出かけた。足元がふわふわするのはしばらく外に出ていないからなんだろう。腹が減りすぎているからか。

なんの話をしたか覚えていないが、外で飲む生ビールはやはりいいものだ。少し回復した気がする。

2月22日(水)

ずっとウクライナ戦争のニュースや状況分析が放送されている。テレビでプーチン大統領を見ない日はない。あの暗く冷たい顔つきは一時代前のロシアそのものを象徴しているような気がする。

ぼくがはじめてソ連を横断的に旅したときは、ずっとKGBの人がついてきていた。護衛ではない。その逆の見張りだったらしい。二カ月近い旅のあいだに、偶然あけてあった彼のアタッシェケースに拳銃を見てしまった。現実が目の前にあった。

日本語がうまい人だった。でもそういうのがかえって怖い。べ

2月20日
◆米国・バイデン大統領がウクライナを電撃訪問、ゼレンスキー大統領と会談。ロシアのウクライナ侵攻開始から二四日で一年になるのを機に。
◆『銀河鉄道999』などで知られる漫画家の松本零士さんが一三日に死去と発表。享年八五。

2月21日
◆上野動物園で生まれ育ったジャイアントパンダのシャンシャンが中国・上海へ向けて出発。最終公開日の一九日には最終観覧枠の最大七〇倍の抽選に当選した約一〇〇人が別れを惜しんだ。

2月22日
◆落語家の笑福亭笑瓶さんが急性大動脈解離で死去。享年六六。黄色い眼鏡をトレードマークに上方落語界で活躍。

リコフという名だった。

夜中に「映像の世紀」をやっていたので見る。朝鮮戦争と核兵器がテーマだったのだが、続けてスターリンとプーチンの回が始まったのでこれも見る。

KGB出身のウラジーミル・プーチンという男が辿ってきた道を客観的に見ると、ごく普通の野心家の青年という印象すら受ける。どこでどうなってしまったのか。

それにしても映像の持つ力とはすごいものだ。二本続けてあっという間に見終わったがまだ夜だった。

2月27日（月）

評論家の佐高信さん夫妻と一枝さんと、四人で新宿で食事をする。コロナでストップしていたので久しぶりだ。もう二〇年来になるがわが夫婦としては稀なことで、ご夫妻とは気心知れているのでごくごく自然に会ってなんの話題でも気楽にできる。どんな店に行ってもいろんな話ができる。

佐高さんとぼくは同じ歳でともに文章を書く仕事。若い頃、業

「映像の世紀　バタフライエフェクト」

二〇二二年からNHK総合テレビで放送を開始したドキュメンタリー番組。第一回放送タイトルは「モハメド・アリ　勇気の連鎖」。

2月24日
◆ロシアのウクライナ侵攻から一年。国連安保理の閣僚級会合ではウクライナの外相の提案により犠牲者への黙とうが捧げられた。

2月27日
◆岸田首相が衆議院予算委員会で米国製の巡航ミサイル「トマホーク」の購入数について「四〇〇発を予定している」と明らかにした。

界誌に勤めていたのも同じ。だが佐高さんの博識ぶりにはいつも圧倒される。全然スケールがちがうのだ。どーしてなんだろう。だから彼と話すとぼくには確実に知識（知恵）がつく。ぼくは周囲の人々からいつも世間知らず、と言われているので助かるのだ。

アルバム、ブンガク、高みをゆく者

二〇二三年三月

3月2日(木)

ひと仕事終えテレビをつけたら「なんでも鑑定団」をやっていた。シルクスクリーンのポスターに二〇〇万円の値がついていた。

横尾忠則作「腰巻お仙」。なんだかコレ見たことあるな、と思ったら「池林房」の壁に貼ってあるものと同じだった。あっちはもちろんレプリカだろうけれど、もしシルクスクリーンだったら店主のトクヤに「横尾忠則のファンなんだ。一〇万円で譲ってくれよ」と言って、あとで高く買い戻してもらおうとふと企んだ。

あの番組をつい見てしまうのは、テレビに出てくるいわゆる業界の人たちがどこかみんな「作りもの」めいて見えるのに、「鑑定団」に出演する市井の、いま生きている本物のシロウトの人々

3月1日

◆米下院議会で「TikTok」の利用禁止法が可決。中国発の動画投稿アプリを通じ利用者情報が中国政府に流出することを懸念して。

「開運！なんでも鑑定団」

一九九四年からテレビ東京系ほかで放送されているバラエティー番組。

横尾忠則（一九三六—）

美術家、グラフィックデザイナー、作家。「腰巻お仙」（一九六六）は唐十郎主宰の「状況劇場」のために制作したポスター。演劇青年・太田トクヤにとって大切な青春の一枚。

には人間の本質の部分を見てしまうからだろう。嫌な感じはしない。本気で自分の自慢（持ち物やそれにまつわるヒストリー）を力強く語っている姿はあからさまだが憎めず可愛らしい。日本の津々浦々には隠れた金持ちが多いのだな、ということもよくわかる。そのお宝の値がこのショウの骨子となり、高くついた値段に狂喜する光景が売り物だけれど、いくら高額の査定がついてもそれをテレビ局や番組が買ってくれるわけでない、というところのムナシサ、あざとさが際立っていく。そんなところからよく考えてみると、あれは結局、宝自慢なんだな、ということがわかる。それが面白いんだけれどね。

アメリカにも似たような番組がある。こちらは実際に出演者が質店に持っていく。品物を店側で評価しきれないときはその分野の専門家に来てもらったりしながら、客と店との値段交渉になるあたりが現実的でスリリング。イギリスやオーストラリアにも同じような番組があるそうだが、超金持ち国、ドバイあたりでやっていたら見てみたいなあ。

3月2日
◆宗教法人「幸福の科学」創始者で総裁の大川隆法氏が二日に死去と報道。享年六六。

3月3日
◆元プロ車いすテニス選手の国枝慎吾さんに国民栄誉賞授与が決定。パラアスリートの受賞は初。三九歳。

3月4日(土)

文学賞の表彰式のため、朝から宮古島に飛んでゆく。

先月も宮古島に行ったのだが、その時も今日も近くの席のガハハ親父がウフフねえさんと異常接近してくねくねしている。ANAとは最近、相性が悪いんだなあ。

こんなこともあろうかと『ノミのジャンプと銀河系』という自分の本を持ってきた。誰かが「何度か読んだ本や自分が書いた本は何が書いてあるか分かっているから平静を保てる」などと書いてあったので試すのだ。

これは効果があった。本の中ではアブとかチーターとか自然界の生き物のスピードを比べたりしていて「おお、なかなか面白い本じゃないか」と自分で感心しているうちに眠くなり、起きたらもう南の海上だった。

選書判、という言葉はないそうだが新潮選書のこのサイズは持ち運びやすいし、読みやすい。白内障の手術を終え、落ちつき、読書量が戻ってきた。

『ノミのジャンプと銀河系』(二〇一七)

3月5日(日)

表彰式を土曜日に終え、伊良部島の佐良浜《さらはま》という漁港に連れていってもらう。朝獲りのカツオのうますぎて困るタタキを食べた。帰りの飛行機の時間までビールをがしがし。文句ないですな。

港では小学生くらいの子が慣れた手つきでシャクリ釣りをしていたり、ちょうどその子の父親が船長をしているカツオ船が戻ってきて水揚げをしたりと、奥行きのある景色に出会えた。宮古島はいつもざわわのゆったり風が吹いていて、通年Tシャツ一枚の生活ができるのはいいよなあ。

3月6日(月)

寒い東京に戻ってきて慶應病院へ。「特に問題なさそうですね」と先生は言うが、この一言のために来ているのだ。安心して帰宅し、ビールを飲んだ。

3月5日

◆東京マラソン開催。優勝はデソ・ゲルミサ(エチオピア)。二時間五分二二秒。日本人男子トップは、山下一貴、二五歳。マラソン三度目にして日本歴代三位となる二時間五分五一秒で七位入賞。其田健也、大迫傑ら計五人が新たにパリ五輪代表選考会マラソングランドチャンピオンシップ(MGC)の出場権を獲得した。

◆犯罪解説YouTuberとして活動していた〝ブラジル史上最悪の殺人鬼〟ペドロ・ロドリゲス・フィーリョ氏が五日朝、南東部サンパウロ州で何者かに射殺された。計一〇〇人以上を殺したとし四二年間服役していた。

3月7日(火)

神保町に行き、一時間ほどこの「失踪願望。」連載の打ち合わせ。「本の雑誌」の編集部に顔を出した。

ドアを開けると、どーんと段ボールの山。ただし、中は本、本、本。サングラスだけの箱や小銭入れだけ、帽子だけの箱もあった。

編集部は四トントラックを借り、町田にある目黒の自宅まで何往復もし、目黒の尋常ではない蔵書をはじめ私物を運び込んでいるらしい。西村寿行についてまとめたノートを見つけパラパラめくる。強い筆圧で様々なことが書いてあり、これだけ長いつきあいなのに彼の仕事のやり方について詳しくは知らなかったことに気づいた。

アルバムが何冊もあった。二〇代の頃の目黒がスーツを着ている写真があって「ああ、あいつはこんな感じだったな。タバコをよく吸ってたな」と連鎖して記憶が蘇ってくる。

几帳面に写真が貼り付けられたアルバムには我々のキャンプのスナップも多かった。そのキャンプ集団がのちの「怪しい探検

西村寿行（一九三〇―二〇〇七）小説家。ミステリ、アクション、パニックなど幅広い作風でベストセラー作家に。

怪しい探検隊 前身となる野外天幕生活団「東日本何でもケトばす会＝略称・東ケト会」（一九六四年結成）に目黒が参加したのは一九七〇年。

隊」になるのだが、旅の途中でいつも目黒は「なあ椎名、帰りの船の時間は調べてあるのかよ？」とか「もういいだろう。そろそろ帰ろうぜ」とか、なんとも後ろ向きなことを言っていた。ひょっとしてこいつはキャンプ旅などあんまり好きじゃないのかなと思ったこともあったが、次の旅もしっかり集合場所にやや面倒くさそうな顔で立っている。不思議だった。

でもこのアルバムの中の目黒は瓶ビールなんて掲げてけっこう楽しそうだ。「なんだよ、あいつ、楽しそうに笑ってるじゃんか」と口に出していたようで、周囲の編集部員が何人か涙ぐんでいた。やや動揺し一五分ほどで編集部を立ち去り、のろのろとビヤホールに向かう。

神保町に行くと目黒の気配にあふれていて気持ちが揺れる。思えばぼくが全力をかけていた会社に彼が顔を出し、社員になり、よき相棒となり一緒に突っ走ってきて五〇年以上だ。銀座、御苑、笹塚……長い年月の間、あちこちの町に会社を移したが、彼がつい最近まで仕事していた神保町の町には彼の気配が満ちている。フワフワと体と神経が浮き上がるような気がした。

3月9日（木）

野球のワールド・ベースボール・クラシックが開幕したが、どうしたわけか今年はあまり興味がない。

競技としての野球は面白いので好きだ。小岩で友人と共同生活をしていた時は、よく木村が「今日は巨人と阪神の首位攻防戦だぞ」などと言い、福島県から上京してきた二階の一家に「ナイター見させてくださーい」などと上がり込んで観戦していた。楽しい記憶だ。あっ、なんと克美荘でさんざんお世話になったそのファミリーの名を忘れてしまった。

「あんちゃんたちよかったら、わたしの田舎の枝豆食べにこないかい。もうじきゼンマイもとれるけどな……」などとよく夕食の料理の残りものをもらった。ぼくたちがお邪魔すると小さな女の子がいつもうれしがってピョンピョン跳ねていた。姉妹の上の子は小学校五〜六年生。もう物おじする年齢なので妹みたいに赤ちゃん的には接してこない。福島から東京にやってきて気持ちのどこかがずっと張りつめていたところへ、でっかい男ども四〜五人がいきなり階下に住んで、どやどやと自分の部屋にきたりする。アパートの先住者としては当初ずいぶん緊張していたのだろう。
でも何かの拍子に彼女が小さな声で歌をうたっているとき音感のいい木村が合わせて唄った。美空ひばりのなにかの歌だった。木村はそういうとき非常にわかりやすいコトバで優しく接する「いいお兄さん」だった。それでお姉ちゃんのほうも打ち解けて、木村とだけは笑顔を交わすようになった。
お姉ちゃんの名前は「はるみちゃん」といった。演歌好きの両親といつも流行歌を歌っていた。
やがてもっと親しくなると、木村とはるみちゃんは「アンコ椿は恋の花」を声を合わせてよく歌っていた。

3月11日(土)

野球関連で連日、テレビがやかましい。ペッパーミルというのが流行っているらしいが、一二月のサッカーワールドカップといい、日本のメディアは競技の本筋と離れたニュースが好きだ。ぼくの周りでは胡椒をガリガリしている人など一切、見かけない。

美空ひばり（一九三七—一九八九）歌手、女優。「リンゴ追分」（一九五二）、「柔」（六四）、「真赤な太陽」（六七）、「悲しい酒」（六六）など、昭和の歌謡界の女王。

「アンコ椿は恋の花」（一九六四）都はるみ、三枚目のシングル。第六回日本レコード大賞新人賞を受賞。

3月10日
◆イランとサウジアラビアが二〇一六年から断交してきた外交関係を正常化することに合意。仲介した中国・北京で共同声明に署名した。

3月11日
◆東日本大震災から一二年。死者・行方不明者は二万二二一五人に上る。

近年のテレビには「本当に流行っているのか？」という根本問題がいつもある。

3月13日(月)

大江健三郎さんの訃報が入る。一〇代の頃から読み続けていた作家のひとりだ。「叫び声」や阿部昭追悼の「見事な不機嫌」などは夢中で読んだ。

高校で沢野君や上田君とよくブンガクの話をした。二人ともいろいろ読んでいるので話が終わらないし、この人たちと話をすると、なぜか気持ちが集中し心が浮き立つようになる。「人生で初めて文學の話をしているからだ！」ということに気がついた。思えば生まれて初めての体験だった。

その当時「文學界」「新潮」などを読んでいた。古本屋で二〇〜三〇円ぐらいで売っていた。小説を読む心の躍動を初めて感じていた頃だ。大江さんの小説、とくに短編のすさまじい作品世界に圧倒された。その一編「不満足」が一番好きだ。

高校の時の国語担当に関口勲さんという小説を書く先生がい

3月13日

◆作家の大江健三郎さんが三日に死去と発表。享年八八。一九五八年「飼育」で芥川賞を当時最年少で受賞。九四年にノーベル文学賞受賞。

上田君

上田凱陸《よしみち》。シーナの高校の同級生。

★スナフキンに気配が通じる不思議な男で女にモテた。

関口勲先生

★「三年契約で結婚」したばかりのユニークな若い先生だった。デラシネ、風来坊というイメージ。克美荘にも来てくれたことがある。

小山清（一九一一—一九六五）

太宰治に師事した〝昭和の文士〟。『落穂拾い』（一九五二）、『犬の生活』（五五）など。

て、小山清の主宰する同人誌「木靴」に加わっていた。その同人誌からは後にプロ作家の宮原昭夫さんが出ている。その人が書いた「ごったがえしの時点」という短編を読んで感動したことを覚えている。関口先生はその後、ぼくがプロのモノカキになったことをとてもよろこんでくれた。

「木靴」 一九五六年創刊の同人誌。

宮原昭夫（一九三二―）同人誌「木靴」に参加、小山清に師事。『ごったがえしの時点』（一九六三）、「石のニンフ達」（六六）で文学界新人賞受賞。

3月14日（火）

遅い午後から池林房で読売新聞の取材を受ける。とても熱心な人で文学に詳しい記者とビールを飲みながら好きなブンガク作品を話し込む楽しい時間でもあった。

夕方には「ちょっと報告があります」と雑魚釣り隊の若い仲間が数人、合流してきた。大きな出版社のメジャー雑誌の編集長は出世、広告代理店勤務の四〇代は独立、大手飲料勤務の五〇代は会社を辞めて岡山でワイン用の葡萄を作るための移住。そんな報告を一挙に受けた。みな前向きな動きだったので安心して酔えた。すぐそばにある沖縄料理店へ顔を出し、ソーミンチャンプルーでシメた。

3月14日
◆参院懲罰委員会が、ガーシー（本名・東谷義和）議員の参院議員の「除名」処分を決定。

3月15日(水)

一日かけてゲラを読む。酒がテーマの文庫で、全編アルコールばっかりだ。出てくるヒトも酒飲みばかりで、そこで仕事をしているとどんどん酔ってきそうなのであわててビールを飲んだ。

3月16日(木)

新刊の打ち合わせのため、神保町で寿司を食う。新刊のためにはマグロとカツオとコハダが必要なのだ。「ひげ勘」という名店だ。

軽くヅケになった赤身がつきだしに出てきて「このマグロうまいですね」と言うと「カツオです」と大将の加藤さん。オレ、カツオが一番好きなのに。開き直ってカツオとマグロと穴子を続けざまに食べた。焼酎水割りを飲みながらワインベルトの話をした。

3月17日(金)

盛岡からハシノ青年とタカハシ中年がやってきて、この一年盛

3月16日
◆韓国の尹錫悦《ユンソンニョル》大統領来日、日韓首脳会談が実現。

3月17日
◆プーチン大統領にオランダ・ハーグの国際刑事裁判所が逮捕状を発行。ウクライナ侵攻をめぐりウクライナの子どもたちをロシアに連れ去った罪で。

岡の「クロステラス」というところでやるイベントの打ち合わせ。と思ったら、ビール飲みながらぼくの刊行予定を聞いて「じゃあそれに合わせてトークやろう」ということしか決まらなかった。

ご時世的にコロナのあれこれの規制がゆるんで「やっと東京に行って酒飲んでも白い目で見られなくなった」とふたりは嬉しそうだったけれど、地方都市はその地ならではのコロナとの付き合い方があったんだろうなと思う。赤ワインがうまかった。

3月19日(日)

大阪場所が中日に差し掛かったのだが、気になることがある。いつも砂被《すなかぶ》り席に艶《あで》やかな着物をまとった身なりのいい女性がいたのだが、いないのだ。春場所まではいたように思えるので、病気になっちまったか、今場所休場している力士のタニマチだろうか。

そんなことを考えているとニューヨークに住む娘から電話があった。「何をしてたの?」と聞くので「相撲を見ていた」と答え

3月19日
◆藤井聡太竜王、棋王戦第四局で渡辺明二冠に勝利し六冠達成。史上二人目、二〇歳八カ月の史上最年少で。羽生善治九段の保持していた六冠の最年少記録(二四歳二カ月)を二九年ぶりに更新。

3月20日
◆「袴田事件」で、検察側が特別抗告を断念、再審開始決定が確定。
◆中国・習近平国家主席がロシア訪問。ロシアのウクライナ侵攻後、初の訪問。

3月21日
◆岸田首相がウクライナ・キーウを電撃訪問、ゼレンスキー大統領との首脳会談を実現。

ると、彼女は「ワカタカカゲ」とわざと抑揚のない棒読み機械音みたいな声でつぶやく。相撲は詳しいわけではないが「カ」、が三つもあるサウンドを気に入ったようで、以来「ワカタカカゲ」は我々の合言葉のようになっている。

3月22日(水)

日本がワールド・ベースボール・クラシックで優勝したらしいのだが、世間というかテレビの関連番組が絶望的にくだらなくて、決勝は観る気にならなかった。というのは嘘で、時間を間違えてててノソノソと起きたらもう終わってた。

3月24日(金)

久しぶりに麻雀でもやろうよ、とトクヤが電話をくれたので池林房で一杯ひっかけてから、秘密基地で卓を囲んだ。トクヤはぼくが好きなタケノコ弁当と、腰の痛いぼくのために座椅子まで用意してくれていた。

友人の心づかいに感謝しながらリーチしたら一発でツモってし

若隆景渥(一九九四―)わかたかかげ・あつし。福島市出身。荒汐部屋所属。

3月22日
◆WBCで日本代表「侍ジャパン」が米国に三対二で勝利し七戦全勝、一四年ぶり三回目の優勝。大谷翔平選手(エンゼルス)が大会最優秀選手(MVP)に選出された。

3月24日
◆二〇二二年の難民認定数が二〇二人と法務省が発表。アフガニスタンからの難民が七割。過去最多も世界的にみれば依然と低水準。

まい、裏ドラものった。親はトクヤだったので損害多大！「さっきのタケノコを返せ。座椅子からおりろ」とトクヤはコドモみたいに怒っていた。

3月25日(土)

朝、起きたら見慣れない座椅子がある。

まあともかく座って原稿を書いて、昼前になって昨日、一緒だった竹田に電話を入れてみる。

「え、覚えてないんすか？　椎名さんはハイボールからワインに切り替え、麻雀も好調でした。深夜一時過ぎくらいにお開きになった時に『この座椅子はラクだし縁起がいいからくれよ』とトクヤさんに迫り、トクヤさんは『好き勝手飲み食いツモったうえ、座椅子まで持って帰るのか！』とやや怒っていましたが、最終的には同じものをまた買っておくよと優しいのでした。気を良くした椎名さんは、近所に住む竹田、太陽をタクシーで順番に送ってご機嫌で帰ったはずです。めでたしめでたし」

竹田はやや酒が残っているから寝かしてくれ、と電話を切った。そうだったか。一晩たってもう忘れていた。オレ、どんどんバカになりつつあるなあ。覚えていないが座り心地はかなりよい。

3月26日(日)

千葉市の朝日カルチャーセンターで講演をする。テーマは「忘れられない人々」だった。自分の人生で出会った人々のことを話していたら、あっという間に時間が進んだ。参加者から目黒についての質問もあった。

終わってからいつも寄る居酒屋で一杯、という選択肢もあったが、今日は大阪場所の千秋楽だったのでタクシーで帰宅することにした。

日曜の午後の道は混雑していて焦《じ》れたのだが、「江戸川から先は道知らないからダメなんだよぉ。でもなんとかする」と千葉弁の運転手が頑張ってくれ、なんとか結びの一番には間に合った。霧馬山《きりばやま》が大栄翔を突き落とし、初優勝。朴訥《ぼくとつ》な優勝インタビューも良かった。そのままBSで『アンタッチャブル』をぼんやり見

霧馬山(現・霧島)鐵力 (一九九六—) きりばやま・てつお。モンゴル出身。陸奥部屋所属。五月場所後の五月三一日、大関に昇進し、霧島と改名。

たあと、座椅子に座って夕刊フジの原稿を夜中に書いた。

3月27日(月)

原稿を書いてから、この連載の打ち合わせのためにタクシーで神保町へ。

だいぶ暖かくなってきたので、家の近所や高速から少し見えた赤坂のお堀のあたり、あとは皇居の周辺も桜の花が見えた。車中でうとうとしていたら走行音やトンネル内の反響音などが夢の中に干渉してきて、ちょうど高速の出口で目が覚めると、そこにも桜並木があった。あたたかくて気持ちがいい。黄泉《よみ》の国はこのような感じだとしたら、さほど悪くない場所だ。

集英社に着くと本の雑誌の浜本編集長が待っていたので少し話す。ちょっと痩せただろうか。目黒の逝去から浜本はえらく忙しそうだが、忙しいほうが気が紛れるのかもしれない。

九〇分ほどの打ち合わせを終えて、中華料理でビールと紹興酒をやっつけた。

3月27日
◆文化庁が京都に移転し業務開始。中央省庁の本格的な地方移転は初めてとなる。

3月28日
◆ボクシングの村田諒太選手が引退を発表。三七歳。ロンドン五輪で金メダル獲得後、プロに転向、二〇一七年WBAミドル級王座についた。

3月30日（木）

眠れないので本を読むが、あまり面白くない。

目黒は入院してからは痛みで本が読めなかったと聞いた。その状況を想像するとこちらも辛い。

一緒に本の雑誌をやっていた時、朝、編集部に行くとユーレイのような顔色の目黒に遭ったことがよくあった。

「どうした？」

「読んでた」

「そうか」

それだけだった。酒を飲む時以外、彼とは基本的にはいつも会話は短かった。

ふた月に一度くらいだろうか。朝とか夜とか関係なく携帯に電話があって「椎名、ナニナニを読めよ、面白いから」とそれだけ伝えてくることがあった。ぼくが電話に出られない時は留守電を残すこともあったし、事務所に電話して「椎名にナニナニを読むように」と伝言することもあった。やつが薦《すす》めてくれた本は必ず買って読んだ。

3月30日

◆フィンランドのＮＡＴＯ加盟が確定。トルコ議会が批准。

◆トランプ前大統領をＮＹ州大陪審が起訴。不倫関係にあった元女優への口止め料を不正に処理した疑いで。同国で大統領経験者が起訴されるのは史上初。

3月31日

◆政府は二〇二四年度にも、新東名高速道路の一部に自動運転車専用のレーンを設置すると発表。主に夜間のトラックで完全自動に近い「レベル四」の実用化を想定する。少子高齢化で物流の人手不足が深刻になるのをにらみ、省人化技術活用へ。

『アンドロイドは電気羊の夢を見るか?』は目黒に教えてもらった。『ハイペリオン』もそうだ。途中から面白くて止まらなくなった。あいつはどうやってそういう本を見つけるのか、どうやって書店で選んでいたのか聞きそびれた。


『アンドロイドは電気羊の夢を見るか?』

フィリップ・K・ディックのSF小説。一九六八年に発表。日本では翌六九年に浅倉久志訳で早川書房より刊行された。映画『ブレードランナー』(八二)の原作としても知られている。
★難しい世界だなあ、と思いながら読んでた。

『ハイペリオン』

ダン・シモンズのSF小説。一九八九年発表。四作の長編で構成されるシリーズ。日本ではシリーズ一作目が九四年、酒井昭伸訳で早川書房より刊行。目黒考二発案の「本の雑誌が選んだ年間ベストテン」では、九五年に『ハイペリオン』『ハイペリオンの没落』の二冊が一位に。
★手練れのSF。もうちょっと優しく書いてくれたら、読書感想文の課題図書にしてこのオモシロさを広められるのにと思う。難しいもん。誰か〝児童図書版〟を書いてくれないかなア。

奔流、フルサト、目黒がいない

二〇二三年四月

4月1日(土)

新年度というやつなので、手帳を買ってもらった。手帳なんてものを持つのは何年ぶりだろう。「明日は何があるんだっけ?」とぼくが家族に聞く頻度があまりにも高いので、自分で管理しなさいということなのだろう。ムーミンの手帳だ。けっこう見やすい。

「一四時慶應病院」とか「一七時新潮と犀門で」とかせっせと書き込む。

4月3日(月)

大和書房から文庫『飲んだら、酔うたら』の見本が届く。正しくは忘れてしまったが、編集部からはあまりにも酒浸り堕落転落

4月1日

◆自転車のヘルメット着用が全年齢、全地域で努力義務となる。一日付の改正道路交通法の施行に伴い。

◆第九五回選抜高校野球大会で、山梨学院が兵庫の報徳学園を七対三で破り初優勝。山梨県勢として春夏通じて初めて決勝に進出。

4月2日

◆音楽家の坂本龍一さんが三月二八日に死去と発表。二〇一四年に中咽頭がん、二〇二一年に直腸がんを公表し療養しながら精力的に音楽活動、社会活動を続けていた。享年七一。

底辺酔いどれ人生的なタイトル案が出てきたので、否定もできないのだが、このようにちょっと柔らかなタイトルにした。

ぼくが小学生ぐらいのときに「ゲイシャ・ワルツ」という歌がはやっていた。モロに大人の世界なんだなあ、でもよくわかんねーや、などと千葉のジャガイモあんちゃんはそう思っていた。わたくしのコトですが。

そのあと、守屋浩というぼくより少し歳上の歌手が歌う「ちっちっちっちちっちっちっち」「なーんでなんでなんで、どうしてどしてどうして〜」というのが流行っていた。好きなお姉さんが東京へ行ってしまった、という嘆きの歌だった。実はこれもよくわからなかった。

でもまあ、芸者のワルツのほうの話だ。あとであらためて知ったのだが歌っているのはホンモノの芸者さんで神楽坂はん子さんといった。いや浮子さんだったか。まあとにかく浮世離れしたあやしい曲名だな、と思って聴いていた。そのあまーいワルツの歌詞に「飲んだらあ、酔うたらあ、あ、踊ったらあー」というのがあってなんとも甘く、ずっと耳に残っていた。そのことを覚えて

「ゲイシャ・ワルツ」（一九五二）
作詞・西條八十、作曲・古賀政男、歌・神楽坂はん子。神楽坂の現役芸者時代に古賀政男に見出されデビュー。〝鶯《うぐいす》芸者〟として一世を風靡するも三年で引退（のちに懐メロ歌手として復帰）。リリース時、シーナは八歳のどろんこ少年。

「僕は泣いちっち」（一九五九）
作詞作曲・浜口庫之助、歌・守屋浩。こちらのリリース時は一五歳。多感なじゃがいも中学生の頃。

いて文庫のタイトルにつかったのだった（この歌詞もどうやら適当に覚えていたらしい。正しくは〈呑んだら　酔ったわ　踊ったわ〉だそうだ。でもこういうのはそんなにガチンガチンに正確じゃなくてもいいんだよなあ）。

色まち、花まちの気配そのものだった。が一般的にはあまりなじみのない世界なんだろうと思った。飲んで酔わないとよくわからない語感の世界だったのかもしれない。

最近、酒についてのエッセイが多い。飲む量は年相応に減っているのだろうけれど、「シーナはサケの仕事であれば断らないぞ」と思われているフシがある。まあ、たしかにそうなると断らないのだが。

4月5日（水）

慶應病院へ行き、三村先生と談話のち薬をもらう。

じかにうかがったのではないのだけれど三村先生は東大文学部を卒業。当初は文学世界をめざしたのだろうか。その後なんと慶應大学の医学部に入り直し医師になったようだ。世の中にはこの

4月5日

◆政府はＯＳＡこと「政府安全保障能力強化支援」なる枠組みの創設を国家安全保障会議（ＮＳＣ）で決定。これにより「同志国」の軍に防衛装備品などを提供することが可能になる。

ような秀才が本当にいるのだなあ、と驚いたものだ。

先生を前にするとぼくはくらくらして怯《ひる》んでしまう。そういえば作家の北杜夫さんも慶應出身で『どくとるマンボウ医局記』は慶應の精神科勤務の頃の話だった。

北さんから一度ハガキを貰ったことがある。びっくりした。北さんのお嬢さんの仕事がらみでちょっとしたお役に立つようなことをしたことについてのお礼であった。筆まめな方なのだなあ、と驚いたものだ。ぼくもモノカキのハシクレとして見習わなければならないなと思った。あのハガキは北さんが躁のときに書かれたものなのだろうか。もっとも鬱のときは横になって息をしているだけであとは何もしたくない、などとご自身が書いているからその答えはハッキリしている。

帰宅して「どくとるマンボウ」シリーズの本をひっぱりだしたくなったが、いま本棚のある部屋はいたるところ本や原稿資料などが散乱状態になっていて、ちがう世界に行きそうなので断念した。

北杜夫（一九二七—二〇一一）
作家、精神科医、医学博士。一九六〇年、エッセイ集『どくとるマンボウ航海記』を刊行、同年『夜と霧の隅で』で芥川賞受賞。

『どくとるマンボウ医局記』（一九九三）

4月6日
◆ムツゴロウさんの愛称で親しまれた作家で動物研究家の畑正憲さんが五日に心筋梗塞のため死去と発表。享年八七。

4月9日
◆統一地方選挙前半戦の投開票が行われ、大阪では前回に引き続き、地域政党・大阪維新の会が知事と大阪市長のダブル選挙を制した。道府県議会議員選挙では、四一のうち三〇の道県で過去最低の投票率に。

4月10日(月)

ＮＨＫで「映像の世紀」をゆっくり見た。満洲国の回だ。結果的には、五族協和などは寓話《ぐうわ》にも値しない夢物語以下だった。東洋最速の超特急「あじあ」や李香蘭に幻想を抱き、アヘンが蔓延《まんえん》した国家。その情勢や政《まつりごと》の世界を当時は誰もヘンだと思わなかったのだろうか。それこそが世界情勢の綾《あや》だったのかもしれない。

下手にお話なんか作るより、こういう映像を積み重ねた事実のほうがよっぽど力を持つように思う。ＮＨＫのドキュメンタリーものは見逃せない。シリーズではこの「映像の世紀」が素晴らしいが、気をつけねばならないのはすぐに戦争の世界に突入していくのでヘラヘラした気分では見られないことだ。

歴史をなぞっての構成になるとどこかで戦争がらみの話になってしまうようだった。この番組を見ると、世界はつくづく戦争が好きなのだなあ、と思う。ナレーターの女性は落ちついた声と話しかたで安心する。民放にはない大人の女のプロの語りだ。

この番組はどうやって制作されているのだろうか、などという

4月10日
◆ＡＩサービス「ChatGPT」を開発・運営する米オープンＡＩ社のサム・アルトマンＣＥＯが来日。岸田首相と面会した。ChatGPTは個人情報保護規制の観点から欧州地域で規制強化の対象になっている。

「カラーフィルムを忘れたのね」
東ドイツ出身の一九歳、ニナ・ハーゲンが一九七四年にリリース。東ドイツの灰色の空気を風刺した歌詞で空前の大ヒットに。

ことを番組を見ながらよく考える。
決まってきた企画にそって膨大な映像資料を分析し、ひとつのテーマにしぼりこんでいく過程で自然にサブストーリーがいくつか引っ張りだされてくる。それらをさらに調査、追求していくうちにいくつものエピソードがどんどん絡まってきて、やがてそのサブが思いがけない本流になっていく、のかなあ。
「カラーフィルムを忘れたのね」という東ドイツの大ヒット曲を中心にベルリンの壁崩壊を描いた回では、元ドイツ首相のメルケルと、伝説のパンク歌手、画家といった三人の女性のそれぞれの異なる運命と意外な接点を活写してみせた傑作。何度みても感動する。

加古隆さんの作曲した、この番組のテーマ曲をはじめとしたいくつかの旋律がやるせなく感動的で、ぼくはCDを買ってしまった。それを聞きながらよく原稿仕事をしているが、こっちは映像とはまるで違うアホばか話を書いていてもついついやるせなくなってしまうのが困る。その作曲家、加古さんの父親が絵本作家の

アンゲラ・メルケル（一九五四―）
ドイツ連邦共和国第八代連邦首相。初の女性首相として二〇〇五年～二〇二一年まで長期政権を築いた。

伝説のパンク歌手
ニナ・ハーゲン（一九五五―）。ベルリンの壁崩壊の三日後、世界ツアーをキャンセルして壁崩壊を祝うライブを開催した。

画家
カトリン・ハッテンハウアー（一九六四―）。大学生だった彼女が友人と一九八九年九月四日に行った「旅行の自由を求めるデモ」が、ベルリンの壁崩壊へとつながるきっかけとなる。

加古隆（一九四七―）
作曲家、ピアニスト。大阪府豊中市出身。映画『博士の愛した数式』（二〇〇六）で第六一回毎日映画コンクール音楽賞受賞など受賞歴多数。

「かこさとし」さんなのだろう、とぼくは思い違いをしていて、「加古さん」の曲を聴くたびに「かこさん」のことに連想がいき、わが子育て時代にかこさんの絵本に何冊もお世話になったのを思い出す。

4月12日(水)

黄砂が飛んでくる、とテレビがしきりに騒いでいるのでおとなしく自室で「すばる」の小説原稿を書く。春になってきたのでカエルがもがいているみたいに小説も書こうと思えるようになった。

書き上げた頃はさあメシだ酒だという時間になっていたが、わがツマの一枝さんが東北に出張に行って不在なのであった。久しぶりに新宿に向かい、いつものメンバーで酒を飲む。

ちょうど「本の雑誌」の「活字吹雪でお別れ号」の発売日で、誰かが紀伊國屋で買ってきた。表紙用に「さらば友よ!」と書いたのだが、自分で書いた字がなんだか悲しげだ。誌面は目黒関係ばかりだ。

かこさとし(一九二六―二〇一八)絵本作家、児童問題研究家、工学博士。「だるまちゃん」シリーズ、「からすのパンやさん」シリーズ、『どろぼうがっこう』など生涯で六〇〇を超す著作を発表した。

4月12日

◆総務省は、昨年一〇月一日時点の人口推計を公表。日本の総人口は一億二四九四万七〇〇〇人。一二年連続のマイナス。

◆カウアン・オカモトさんが日本外国特派員協会で記者会見。ジャニーズ事務所に所属していた一五歳当時、ジャニー喜多川元社長から度重なる性的被害を受けたことを明かした。

おのずとその日は「本の雑誌」の創刊時の頃や、目黒の話になった。

本の雑誌は字ばっかりの誌面なのにどんどん厚くなっていって「ライバル誌は『文藝春秋』だなあ」などと笑い合っていた。厚さに合わせたレイアウトや書体にする案もあったが、まあ変わらないのも本の雑誌らしいので、それで良かった。

目黒は当時、髙村薫の『リヴィエラを撃て』を絶賛していた。ぼくはこの作家のデビュー小説が「推理サスペンス大賞」を受賞した時の選考委員の一人だったのである。よくよく読んだが難しかった。たぶん一〇〇%面白いか、一〇〇%わからないかのどちらかだろう、などというどうしようもない選評を書いた。受賞後、本になってから数回読んで、やっと面白さがわかった。

書評家と作家は離れていたほうがいい、が信条だった。そのくせ「椎名、文壇でもっとも色気があるのは髙樹のぶ子だ。いちばん美人だぞ」と何度か言っていた。

脈絡はないけれど、思いつくままにそんな話をした。湿っぽくなるのは嫌だったが、みんな楽しそうに話を聞いてくれた。目黒

髙村薫（一九五三―）『黄金を抱いて翔べ』（一九九〇）でデビュー。『マークスの山』（九三）で直木賞受賞。

『リヴィエラを撃て』（一九九二）

髙樹のぶ子（一九四六―）『光抱く友よ』（一九八四）で芥川賞受賞。『小説伊勢物語　業平』（二〇二〇）で泉鏡花文学賞、毎日芸術賞を受賞するなど受賞歴多数。

本人は普段は陽気ではないが、目黒というキャラクターの話題になるとみんな楽しく話ができる。実は彼は安心な水と光を持った男なのだ。

少し飲みすぎた。家に帰って水を一杯飲んでから、もう夜中だったが、「本の雑誌」をじっくり読んだ。

4月14日(金)

「本の雑誌」の原稿を書く。

内容は私小説に近いものなのだが、いまちょうどオカルトポルノ的なシーンを書いていて、書いていると自分で蓋をしていた井戸から記憶がとめどなく連鎖して這い出てくる。書く材料としてはありがたいのだが、何か不祥が出来《しゅったい》したのではないかと居心地は良くない。

「本の雑誌」はわが編集人生のこころのフルサトのようなもので、いつもどこかに大きく存在している。

そこに原稿を書くのは、創刊以後何十年たっても新鮮な気分になる。ある種の里がえりみたいな安心感だろうか。

4月14日

◆警視庁はガーシー元参院議員（東谷義和容疑者）を一四日付でＩＣＰＯ（国際刑事警察機構）通じて国際手配した。動画投稿サイトで有名人を脅迫したとして暴力行為等処罰法違反の常習的脅迫などの容疑で。

◆大阪のＩＲ整備計画（統合型リゾート整備計画）を国が初認定。大阪夢洲地区を活用したカジノを含む統合型リゾート施設を二〇二九年に開業する方向。

でもその雑誌を一緒に創刊し、長いあいだ苦労や喜びをともにしてきた目黒考二がいまはいない。例えとしてはヘンかもしれないが、目黒はいつも厳しく優しい〝ふるさとみたいな〟存在だった。やつのいない世界は思いがけないくらい巨大なものを失った、枯れ野のような世界だった。

まさしく「さらば友よ」だった。

節目節目でぼくはごく自然に文芸評論家（北上次郎）としての彼からのストレートな指摘、意見、可能性などを受け、それをいつもちゃんと真剣に聞いていた。

彼がまだ元気だったころ、「椎名、逃げるな」と言われた。「私小説の怒濤《どとう》の奔流であるものをまだ椎名は書いてない、それはずるいじゃないか」と。

目黒のいう「怒濤の奔流」とはセクスアリスのことだった。「突かれているな」と思った。彼の死に出会ってしまってそれを思い出した。

いま、ぼくは目黒のいう「本質」に自分なりに挑んで向かっている――つもりだ。「本の雑誌」に連載中の青春の私小説が、新

4月15日
◆和歌山県雑賀崎漁港を、衆院補選の応援演説で訪れていた岸田文雄首相の近くに爆発物が投げ込まれ二四歳の男が威力業務妨害の疑いで現行犯逮捕。首相にけがはなかった。

4月16日
◆歌舞伎俳優の市川左團次さんが一五日に死去と発表。享年八二。

しい「小説世界」に変化しているような気がしている。

　その小説が一冊になるのは二〇二四年の半ばぐらいになるのだろうか。それは目黒とぼくのふるさとである「本の雑誌社」から二三年ぶりに出してもらう初の私小説を目指している。

4月15日(土)

　情けないことに時折、前触れのない倦怠感や脱力感に襲われる。以前はそういう時、本を読んでいるうちに普段の感情を取り戻していたが、それもあんまり効果がない。酒を飲んでも以前のようにあまりアタマを震わせられない。

4月17日(月)

　少し体調が悪いので病院を経由して、神保町でこの「失踪願望。」の打ち合わせをする。

　気候も良くなってきたので、来月あたり浅草橋や小伝馬町、馬喰町あたりを散策してみようという話になり、少し気持ちが上向き、いつもの「源来酒家」で春巻とビールをやる。

4月19日
◆神尾葉子さんの人気漫画「花より男《だん》子《ど》」が、「最も多く発行された単一作者による少女コミックシリーズ」としてギネス世界記録に認定。

4月19日(水)

ニューヨークにいる娘から電話があった。

「ワカタカカゲ」

開口一番、彼女はこう言う。

これに対する応答は「○カサゴヤ」である。

サウンドが面白いという理由だけで我々は無意味に言い合っているのだが、オレオレ詐欺などが跋扈《ばっこ》する世の中で、家族間でそういった合言葉を決めておくのは大切らしい。わが家は知らず知らずのうちに最先端の防犯対策がなされていたのだった。でも、ここで書くとワルモノが電話してきて「ワカタカカゲ」と言うかもなあ、金を巻き上げられてしまいそうなので符丁は伏字にしておこう。

4月22日(土)

近所にイタリアンができて、気の利いたパスタを出すので時々、行く。という話をしたら、この連載の担当Tさんと事務所

4月20日

◆起業家イーロン・マスク氏が創業した米宇宙企業スペースXが開発中の史上最大のロケットと宇宙船「スターシップ」を初めて打ち上げたが、空中で爆発、失敗に終わる。

4月21日

◆アフリカ北東部スーダンで国軍と準軍事組織「即応支援部隊」(RSF)が激しい戦闘を続けていることを受け、在留邦人退避に向けて航空自衛隊輸送機がジブチへ出発。

◆ベラルーシの人権活動家で二〇二二年のノーベル平和賞受賞者のアレシ・ビャリャツキ氏の上訴が棄却され禁錮一〇年が確定。

のWさんが「食べたい！　すぐ食べたい！　週末に行きましょう」と反応が早い。

　ペローニというイタリアビールで乾杯する。ちょっと感じる苦味がうまい。生ハムやトマト、レンコンなどがどでーんとのった前菜の盛り合わせをつまみながら、フルボトルの赤ワインが空いていく。最後はホタルイカの手打ちパスタだ。グラッパも飲む。ボーノボーノだった。

　途中、韓国で取材中だというタケダから「くそう」と焼肉の写真が送られてきたが、皆で無視した。

4月25日(火)

　連休に公開予定の『帰れない山』のパンフレットが届いていたのでパラパラとめくる。モンテ・ローザ山麓のいい写真を贅沢に使っている。

　この映画は、ここ一〇年でぼくが観た新作でいちばんだ。映画とはこうやって作るものなのだ、というのがよくわかる作品でもある。

韓国で取材中だというタケダ
コロナ禍が明け、長期の海外出張も増えてきたカーリング界のトップジャーナリスト。

4月25日
◆第二七回手塚治虫文化賞が発表され、特別賞に楳図かずおさん。マンガ大賞は入江喜和《きわ》さんの『ゆりあ先生の赤い糸』など。

『帰れない山』（二〇二二）
イタリアの作家パオロ・コニェッティの世界的ベストセラー小説を映画化。第七五回カンヌ国際映画祭で審査員賞を受賞した。

ソビエト時代にセルゲイ・エイゼンシュテインという監督がいた。彼は何か対象物にフォーカスして、観る者に別の何かをイメージさせる技術に長《た》けていた。複数の視点からのカットを合わせて1シーンにする「モンタージュ」という技法も彼の時代に確立されたものだが、ぼくも映画を撮る時は参考にさせてもらった。

この『帰れない山』はエイゼンシュテインの名前をふいに思い出すくらいに、そのあたりの技術が巧みで、主人公を撮りながらも、その父親や親友を想起させるような効果的なシーンがいくつもあった。

どの映画にも伏線や罠や裏切りはある。しかし、表現が難解だと観客が気づかないし、逆にあからさまだと興が醒める。そのバランスを取るのが監督の腕の見せ所なのだが、これがこのフェリックス・ヴァン・ヒュルーニンゲンというベルギー人監督は巧みだった。

同じアングルからの映像で時間の経過を表現してみせたり、あえて遠い視点から斜俯瞰《しゃふかん》でパノラマで撮って自然と重ねたり、常套手段ではあるのだが、そのどれもが見事にはまっていた。

セルゲイ・エイゼンシュテイン（一八九八―一九四八）映画監督。代表作に『戦艦ポチョムキン』（一九二五）など。モンタージュ理論を確立、実践した。

4月27日

◆哲学のノーベル賞といわれる「バーグルエン哲学・文化賞」を哲学者の柄谷行人さんが受賞、贈賞式が行われた。アジア人としては初の受賞で、賞金は一〇〇万米ドル（約一億三三〇〇万円）。

◆腐敗の取り締まりなどを行う中国共産党中央規律検査委員会が、党幹部五人を処分したと発表。昨年の研修期間中、規則に違反し飲酒、アルコール度数の高い白酒を七本飲み、一人が死亡したという。

パンフレットに寄稿したので、実はそのあたりをすべて書きたかったのだが、一部しか書けなかった。

映画のパンフレットというのは書き手にとってはかなり難しい部類の媒体だ。まず観客が映画を観る前に読むのか、観た後に読むのか分からない。どちらにしても面白さを損なわない文章にしないといけないけれど、だからと言ってもったいぶった結果、感想がボヤけるのはうまくない。いっそ、観る前用と観た後用の二冊作れば、いいのにとすら思う。まあとにかく久しぶりに映画の良さを確認できる作品に出会えた。

4月28日(金)

新宿「犀門」で新潮社のメンバーと打ち合わせ。新しい企画の話や、目黒の話をする。酒は黒ビールと焼酎お湯割りに梅干しを落としたもの。

同席者が「最近、ブックディレクターとか選書家なんていう肩書きの人が増えてきたけれど、その源流は全部、目黒さんだもんなあ」と言っていた。

4月28日

◆新型コロナウイルスの感染症法上の位置づけが五類に移行。文部科学省は「一メートル空ければ給食では黙食不要」「実験は少人数で」等の学校向けの衛生管理マニュアルを改定通知した。

◆人工妊娠中絶のための「飲む中絶薬」について、厚生労働省は、国内で初めて製造販売を承認。妊娠九週までの妊婦が対象。

◆千葉ロッテマリーンズの佐々木朗希投手が対オリックス戦で、プロ野球の日本選手最速タイとなる一六五キロを計測した。

4月29日

◆世界平和統一家庭連合（旧統一教会）が東京都多摩市内に約六〇〇〇平米の土地を購入していたことが判明。周辺住民の一部が教団の撤退を目指す団体を設立した。

洋書
1階日本書

アルマジロ、東京観光、伊達眼鏡

二〇二三年五月

5月3日（水・祝）

世の中は連休らしいのだが、特に変わらずに原稿を書く。いわゆる五月晴れで気持ち良く、ビールがうまい！　五月雨でもビールはうまいでしょと誰かに指摘されそうな気がするがあためてサミダレって面白い語感だな、と思った。

5月5日（金・祝）

アルマジロの生態についての番組が面白くて見入ってしまった。彼らはそこらに穴を掘りまくるという。その穴は他の生き物が隠れ処に使ったりするらしい。アルマジロ君はどうやらいいヤツらのようだ。

沢野ひとしの姉に初めて会った時、「椎名くん、アルマジロに

5月1日

◆五輪で三大会連続メダルを獲得した卓球の石川佳純選手が現役引退を表明。

5月2日

◆米国ハリウッドの脚本家らでつくる全米脚本家組合（WGA）が、ストライキに突入。

5月3日

◆ロシア大統領府は、二機のドローン（無人航空機）がクレムリン敷地内に墜落したと発表。プーチン氏は不在で、けが人はなかったという。

似ているね」と言われた。ぼくはアルマジロを知らなかったので、音としてはフランスの俳優かなんかと思って「はあ、そうですか」とか気のない返事をしながらも悪い気がしなかった。

それからアルマジロ君のことは忘れていたのだが、ブラジルのパンタナル(巨大湿原)に行った時、野生の大きなアルマジロに遭遇して「おお、君だったかあ」と妙な親近感が湧いた。

アルマジロの語源はスペイン語で「鎧を着た小さなもの」らしいが、夜行性で寒さに弱いらしい。いよいよ他人とは思えない。

5月7日(日)

明日から新型コロナウイルスが二類から五類に位置付けられるらしい。どの報道を見ても基本的には感染対策やイベントや飲食店のルールなどを語っているだけ。いろんなことが緩和されるということだけは分かったが、そもそも二類とか五類とか言われてもよく分からない。三類と四類はどうした、と思って調べると三類には腸チフス、四類にはエキノコックス症や狂犬病などが分類されているようだ。そういうことを知らなかったコチラがアホな

5月4日
◆大相撲の元関脇で西前頭一三枚目の逸ノ城が日本相撲協会に引退届を提出。モンゴル出身、湊部屋。

5月5日
◆石川県能登地方を震源とする地震があり、同県珠洲《すず》市が最大震度六強(M六・五)を観測した。

アルマジロ
哺乳類「被甲目」の総称。絶滅危惧種。

5月6日
◆英国でチャールズ国王の戴冠式。英君主の戴冠式は七〇年ぶり。
◆研究目的で豪州の博物館に保管されていたアイヌ民族の遺骨四体が約一〇〇年ぶりに返還された。うち一体の樺太アイヌ(エンチウ)の遺骨が海外から日本に返還されるのは初めて。

だけだろうけれど、五類だとコンサートに何人入れるか、ということなどよりよっぽど重要な気がする。不謹慎な言い方だと思うが、せっかくの機会なんだから、そういう情報などをもっとメディアを通して伝えてほしい、と思った。

5月9日（火）

朝から虎ノ門の眼科に行く。信濃町だ板橋だ人間ドックだと、気づけばなんやかやと病院に通う日々だ。いま気づいたが「人間ドック」の「ドック」は港に入った船が点検や修理なんかをするあの「ドック」なのか。

5月12日（金）

「天気も良いしたまには東京観光をしましょう。新宿、浅草、銀座を巡って最後は二重橋ですヨ。いや神田でビールを一杯」

ぼくが単純なだけかもしれないが、編集Tはいつも人を誘い出すのがうまい。気づけば集英社からやってきたワンボックスに乗って甲州街道から新宿を抜けていた。新宿は今日も人が多かっ

5月7日

◆岸田首相が韓国初訪問、尹錫悦大統領と会談した。日本の首相の韓国訪問は五年ぶり。

◆アラブ連盟（二一ヵ国・一機構）は、参加資格を停止していたシリアの連盟復帰を認める決議を採択。

5月8日

◆新型コロナ感染症が法律上、季節性インフルエンザと同じ「五類」に移行。

◆銀座の高級腕時計店で衆人環視の中、覆面強盗事件が発生。警視庁は後日一〇代の男四人を逮捕。

5月9日

◆エンゼルス・大谷翔平選手がメジャー通算奪三振記録を五〇二に更新。「野球の神様」こと元祖二刀流のベーブ・ルースが持つ奪三振記録（五〇一）を上回った。

た。

　四谷三丁目の交差点で車を停めてもらって、「本の雑誌」の初代編集部が入っていたチビビルの前で写真を撮った。くすんだ壁色に見覚えがある。タケダが「だいぶ年季の入った色ですねえ」と言っていたが、壁は一九七九年当時から同じようにくすんでいた気がする。外苑東通りをはさんだ向かいのビルのダンス教室が健在だったのには驚いた。本の雑誌社の窓からは、角度的に踊る女の下半身しか見えなかった。今でもそうだったらちょっとコワイな。

　一フロア一八・八五平米。家賃はどうしても思い出せないが、景気が良かったせいか空テナントがほとんどない時代だった。

「シーナ、いま決めないと他の人に借りられちゃうぜ」

「いや、こういうのは一度、落ちつかないとダメなんだ」

　目黒（考二）とそんな会話をして近所の適当な喫茶店に入って、せわしなくタバコを吸ってアイスコーヒーを飲んでから「よおし、借りよう」と不動産屋に戻った。喫茶店で落ちついてから決断したつもりだったが、きっと深く考えてなかった。

5月10日
◆「改正刑事訴訟法」が成立。裁判所が保釈の条件としてＧＰＳの装着を命令できるように。保釈中に海外逃亡したカルロス・ゴーン被告（日産元会長）のようなケースを防ぎたい狙い。

5月12日
◆米タイム誌（電子版）が九日掲載の、岸田文雄首相をめぐる特集記事のタイトルを一部変更。当初「岸田首相が日本を軍事大国に変える」としていた表題と中身が異なるとして日本政府が異議を申し入れていた。
◆七五歳以上の保険料の上限を二〇二四年度から引き上げる改正健康保険法が成立した。

のちに四谷から、信濃町、新宿五丁目、御苑と編集部は転々としていくのだが、いちばんはじめの四谷時代に木原ひろみさんが社員になってくれた。のちの群ようこさんだ。給料が三万円だったのに彼女はなぜ働いてくれたのか今でもよくわからない。

千鳥ヶ淵から神保町を通過して東へ。秋葉原を越えて下町に入ると、ちょうど神田祭がはじまるらしく、そこらじゅうに標縄《しめなわ》や提灯《ちょうちん》が飾られていた。こういう町全体が浮かれている雰囲気は好きだなあ。深川の伯母さんのことを思い出す。伯母さんの家は駄菓子屋で、幼いぼくにとっては天国のように楽しい場所だった。

総武線に乗って遊びに行くと「よく来たね」といつもカツ丼を出前でとってくれた。カツ丼には蓋がついていて、「東京のカツ丼には蓋がついている。千葉とは違う！」とたじろぎながらも嬉しかったものだ。

車は隅田川を上り、浅草方面へ。途中、スカイツリーというものを初めて身近で見たが「よくもまあこんなものを作ったなあ」

群ようこ（一九五四―）
作家、随筆家。一九七八年、本の雑誌社入社。本名の木原ひろみで「本の雑誌」にコラムを書き始める。『午前零時の玄米パン』（一九八四）で本格デビュー。ペンネームは目黒考二の筆名「群一郎」と目黒の初恋の女性の名から。

という感想しかない。それよりも車に乗って下町を見渡す感覚が懐かしかった。小伝馬町の中尾金属の倉庫で働いていた時期のことをあとになって「倉庫作業員」という短編にしたが、それが松竹で『息子』という映画になった。

映画ではハンドルを握る田中邦衛が、配達中のトラックからオリンピック前の東京のひどい渋滞のさなか、サーフボードを積んだ車に「遊びに行くんなら電車で行ってくれぇ！」と叫ぶ。そのシーンがぼくは好きで「原作どおりだ。山田洋次監督も役者もすごいなあ」と素直に感じた。

中尾金属で働いていた時に重い伸銅品の配達でよく行った曳舟《ひきふね》のあたりも回ってみる。編集Tが「このあたりに路面電車が走っていたはずです」などと教えてくれるが、街が変わってしまってよくわからなかった。仕事が終わると重くて蒸れる安全靴から下駄に履き替えて都電に飛び乗り、銀座で働く一枝さんに会いに行った。なんという路線だったか。いつも混んでいたし、ちょこちょこ止まって結構時間がかかった。割に重要な路線だったんだと思う。

田中邦衛（一九三二―二〇二一）「若大将」シリーズ、「仁義なき戦い」シリーズ。テレビドラマ「北の国から」など名バイプレーヤーとして活躍。

銀座で働く一枝さん あんみつ発祥の老舗甘味屋、銀座五丁目の「銀座若松」（二〇二三年一二月三〇日にビル建て替えのため閉店）で働いていた。

変わったという意味ではその後に軽く流した銀座や新橋も変貌していた。松坂屋も三愛ビルもなくなってしまった。ストアーズ社の入っていたビルも解体されるらしく幕に包まれていた。銀座ではないが八重洲ブックセンターも閉店してしまった。しかし、ぼくはいつの間にかなくなったものばかり気にしているなあ。銀座も渋谷や新宿も再開発で工事だらけだというがまったく興味が持てない。渋谷なんて金輪際行かないで生きていきたいと思っている。三軒茶屋にいた頃、一番近い大都会は渋谷だったので青年時代、よく行った街だ。そこも今はまるっきり変わってしまった。若者の街になってしまった。「スペイン坂」なんてめちゃくちゃウソっぽい。銀座シックスというビルでトイレを借りた。きれいな建物だったがどこか落ちつかなかった。あの頃は下駄ばきで銀座を歩いていてもなんにも気にしていなかったけどなあ。

では、本日のお楽しみです、と編集Tが最終目的地に選んだのは浅草橋の「むつみ屋」だ。給料が入るとここでいっぱいやるのがぜいたくだった。まだ陽は高かったが、陽が高い時の生ビールはとりわけうまい。一日中、都内を駆けずり回った（車に乗って

ストアーズ社
シーナ、サラリーマン時代の古巣。

八重洲ブックセンター本店
二〇二三年三月三一日、再開発計画に伴い営業終了。一九七八年より四四年間の歴史にいったん幕。

銀座シックス
元松坂屋銀座店の場所に二〇一七年オープン。

いただけだが）ので三倍増しでうまい。「マグロぶつ」「かつおし」というゴールデンコンビを注文する。文句ない。

店のおやじさんが「久しぶりですね」と声をかけてくれた。ぼくは忘れていたけれど、一五年くらい前に太田和彦とここで対談をしたようだ。昔よく食べていたツマミの「くりからありますか？」と店員さんに聞くと「もうやってないんだよ。鰻が高すぎるんで」と、厨房からおやじさんが言う。という同じやりとりを、太田和彦とお邪魔したときにもしたらしい。少しショックだった。

とはいえ、やはりこの界隈はいい。酒場も豊富だし、東京が急速に失いつつある生活の色や風情のようなものがしっかり息づいている。

何杯か飲んだが、まだ薄暮だ。少し街をながめていると、国鉄の浅草橋駅のほうでよく牛丼を食べていたのを思い出した。いまの感覚で一〇〇円くらいの値段だった。牛丼だけでなく安くて量のある定食屋がたくさんあって頼りになる街だった。

まだ帰りたくなくて、もう一杯飲もうよと取材チームを誘い、

太田和彦（一九四六―）
グラフィックデザイナー、エッセイスト、居酒屋探訪家として著書多数。

5月13日
◆神田祭が四年ぶりに通常規模での開催。一三日は神事の「神幸祭」や「神輿《みこし》宮入《みやいり》」でにぎわった。
◆小津安二郎監督のサイレント映画『突貫小僧』（一九二九）の一六ミリフィルムが発見されたと神奈川近代文学館で開催中の小津安二郎展で発表。国立映画アーカイブに所蔵されている家庭上映用の一四分版より約六分長い。

5月14日
◆ジャニーズ事務所創業者・故ジャニー喜多川氏の所属タレントに対する性加害問題を巡り、藤島ジュリー景子社長が同社公式ホームページ内の動画で謝罪した。事実認定については明言を避ける。

すぐ横の蕎麦屋で天ぷらとそばと日本酒をやって心地よく酔った。また改めてここに来て〝くりから〟の謎を解きたい。

5月15日(月)

付き合いのある放送作家、植竹公和さんにラジオに呼ばれたので半蔵門のエフエム東京に出かける。

大部分はコロナ罹患についてのあれこれだったが、植竹さんはぼくの本も読んでくれているし、いい友人でもあるので「どこで感染したか」とかいう基本的な質問をうまく濁そうとしても、「いつもの居酒屋ですねぇ」などとお見通しなのでムダである。

酒席で感染なんていうオロカな一連の日々を、映画好きの彼らしくうまく映画に喩えて話を聞いてくれたので、笑い飛ばすこともできて救われた。退院後の生活についても「本当に懲りないですねえ」と笑われてしまった。

5月18日(木)

とても暑い日だった。午後から明治記念館へ向かい、目黒考二

植竹公和（一九五四―）歌う放送作家、ソングライター。

5月16日
◆台湾の立法院（国会）が、同性婚カップルの特別養子縁組を認める法改正案を可決。台湾は二〇一九年アジアで初めて同性婚を法制化している。

5月17日
◆イタリア北部のエミリアロマーナ州で、二日間降り続いた豪雨の影響で大規模な洪水が発生、一万人以上が避難する事態に。

5月18日
◆自民・公明がＬＧＢＴ理解増進法案を国会に提出。

お別れの会に出席する。

　ぼくは近しい友人として挨拶をしないといけないのでやや気が重かったが、現場に着いてみれば懐かしい顔が多くて少し安心した。入口には等身大の目黒のパネルが置かれ、大きな会場の壁に沿って目黒の本や日記、収集物や外れ馬券などが展示されている。そういえばここは目黒が結婚式をしたところなのだった。

　誰かが「目黒さんがこうして会わせてくれたんですね」と言った。いつもなら「ケッ」と思いそうな歯の浮く台詞なのだが、この日ばかりはそうかもしれないなあと思った。

　挨拶を無事に終え、夕方から新宿へ移動し二次会へ。二次会というと不謹慎だが、会場が居酒屋「浪曼房」なので仕方ない。目黒の家族、付き合いのあった作家や編集者、本の雑誌編集部、単純な友人といった多くの人が八〇人くらい集まって献杯した。

　ぼくは自分が泣きたくないので、湿っぽい雰囲気になったらすぐ帰るつもりだったが、ほとんどの参加者は悲しみながらも笑っていて、次から次へととっておきの目黒のエピソードを披露してくれた。

◆歌舞伎俳優の市川猿之助さんと両親が自宅で倒れているのが発見される。父の段四郎さんと母は死亡、死因は向精神薬中毒とみられている。猿之助さんは命に別状なかった。
◆関東、東北で今年初の猛暑日。熊谷市で三五度超え、名古屋市、京都市でも三〇度を超えた。

目黒考二お別れの会
「目黒考二さん、北上次郎さん、藤代三郎さんの思い出を語り合う会」（発起人木村晋介、沢野ひとし、椎名誠、浜本茂）一四時半〜一六時　於明治記念館「蓬萊の間」。先だって一般献花の時間も設けられた。
続いて「MEGURO　FESTIVAL　2023　ありがとう！　目黒考二・北上次郎・藤代三郎」が新宿・浪曼房で開催された。

正確にいえば、目黒のエピソードというよりも、目黒考二の思い出話と、書評家の北上次郎への追悼と、競馬狂いの藤代三郎への愚痴だった。
ぼくが付き合ってきたのは、あくまで目黒考二だったのでその他の顔はあまり知らない。だから、大沢在昌さんが「北上さんにもっと褒めてほしかった」と言っているのとか、競馬仲間が「あの人は当たった時は静かにしているけれど、外れると勝手に帰ったりするから分かりやすいんだ」と暴露しているのは、とても面白かった。
あまり酔えなかったが、しっかり目黒が主役になったいい会だった。彼は二歳年下だったが完全に対等であり、時に「シーナ、それは違うぜ」とまっすぐに言ってくれる数少ない友人だった。多くのことを諭された。兄貴のような弟分だった。

5月19日(金)

久しぶりに麻雀がやりたくなって仲間に連絡をする。ではせっかくなので、打ち合わせさせてください、ちょっとコメントくだ

大沢在昌（一九五六―）
『感傷の街角』（一九七九）でデビュー。『新宿鮫』（九〇）がベストセラーになるまでの〝万年初版作家〟時代に、目黒の書評に励まされたという。

5月19日
◆G7サミットが広島市で開幕。G7首脳は原爆資料館を初めてそろって訪問した。二〇日にはウクライナのゼレンスキー大統領も到着。
◆日経平均株価の終値が三万八〇八円三五銭で最高値更新。バブル期の一九九〇年八月以来、約三三年ぶり。
◆ルキノ・ビスコンティ監督の『ルートヴィヒ』などで知られる俳優のヘルムート・バーガーさんが一八日、オーストリアのザルツブルクで死去と発表。享年七八。

さいなどと仲間がすぐに集まり、池林房で生ビールとオシンコ。のちに秘密基地に行って、カップラーメンとトリスのハイボール。麻雀はカンタンに負けた。

5月25日(木)

長野県中野市で立てこもり事件が起き、人が撃たれて亡くなったようだ。

近年、本当にひどい事件が多い。起こりすぎて列挙すると気が滅入るし、次々に嫌なことが続くので昔の凄惨な事件が解決や再発防止の手段が見つからないまま、置き去りになっているのではないか。

嫌だ嫌だと思って大相撲の夏場所を見ていると宇良《うら》がなんだか変な技で勝っていた。どうやら「ずぶねり」という珍手で、幕内では二五年ぶりの決まり手らしい。

もともとは「頭捻り」と書くらしく、頭をひねるのがキモらしい。狙ったというよりも必死に勝ち筋を探していてそうなったのだろう。さすが業師だ。少し気が晴れた。いいニュースだけ聞い

5月21日
◆浅草・三社祭も四年ぶりに本社神輿を担いで練り歩く通常開催。

5月24日
◆ホンダは、F1世界選手権シリーズに二〇二六年から復帰すると発表。
◆「ロックンロールの女王」とも称された米国出身の歌手ティナ・ターナーさんが、スイスのチューリヒ近郊の自宅で死去。享年八三。

5月25日
◆長野県中野市で警官を含む男女四人が刃物や猟銃で殺害される事件が発生。容疑者は自宅に立てこもった後、二六日未明に投降した。

て生きてゆきたい。

5月27日(土)

盛岡で講演。「食っていいもの、食わないほうがいいもの」というテーマだった。食べ物の話はウケがいいし、みんな興味を持ってくれる。

ただ、ぼくは親友の逝去からめっきり涙もろくなってしまっていた。いきなり泣き出すわけにもいかないので、気休めに伊達眼鏡をかけるとなんとなく守られている気がするので、この日も伊達眼鏡をかけていた。

なんとか形にはなったが、蟻酸《ぎさん》とか蛇とかサナダ虫のキモチ悪い食べ物の話ばかりして、盛岡の人は気分悪くならないのかなと思ったが、サイン会で「面白かったです」という人が意外と多かった。

夜はホヤやカツオの刺身、タラのフライ、ウニのパスタという暴飲暴食ジジイと化して宴会に出席だ。ビールとハイボールで数杯。

5月27日

◆カンヌ国際映画祭で、ヴィム・ヴェンダース監督の『PERFECT DAYS』に主演した役所広司さんが男優賞を受賞。是枝裕和監督の『怪物』は脚本賞（坂元裕二さん）と「クィア・パルム賞」を受賞した。

5月28日(日)

そもそもこの日記を書き始めたのは、ぼくが大きな影響を受けた、しかし畏れもあってこれまで本格的に書いたことのなかった宮沢賢治について迫っていく、というのが大きなきっかけとなっていた。

だから盛岡での講演は取材班としてはタイムリーであり、編集Tはその都度ぼくの身柄を光原社やイギリス海岸などといった賢治ゆかりの地まで巧みに運んでいるのだが、ぼくは腰が痛い眠いフトンの方角が悪い星座が良くないなどと理由をつけていまいち取材に取りかかれないでいた。

さすがにこの連載を続けて二年が経つのでしびれを切らしたのかもしれない。

「今日は岩手山に行きます。賢治が愛した名山の麓で彼の紡いだ詩『東岩手火山』『鎔岩流《ようがんりゅう》』の大地に触れ、椎名さんにも大いに感じてもらいます」

この日、レンタカーを借りてきて編集Tは宣言した。

盛岡から北上し八幡平《はちまんたい》市にある「焼走《やけはし》り熔岩流」というエリアに入り、一面がゴツゴツとした黒岩に覆われるようになった頃、雨が降ってきた。岩手山の見える溶岩エリアまでたどり着いて撮影するつもりだったが、風も混じって雨脚も強い。あまりに寒いので、編集Tはさすがに断念した。作家はホッとした。

仕方ないので地元のタカハシ君の薦める焼肉店「髭」で昼めしにする。人気店らしく席が空くまで駐車場で待機しながらうとうとひと眠りできたのがよかった。

キムチをつつきながら生ビールのジョッキを傾け、冷麺をすする。コシもあるけれど、ダシもしっかりうまい実力のある麺だった。さっきまで岩手山で「寒い寒い」と言っていた作家（ぼく）が生ビールを飲み冷麺をすする姿を、編集Tの訝《いぶか》しげな瞳が見つめていたが、気づかないふりをした。

5月29日（月）

南方写真師の〝タルケン〟こと垂見健吾おじいが、四〇年間、撮り続けてきた沖縄の風景を写真集『めくってもめくってもオキ

5月29日
◆岸田首相は長男の翔太郎秘書官を六月一日付で交代させると発表。首相公邸内での〝親族忘年会〟の記念写真が流出するなどした問題を受け事実上の更迭。
◆北朝鮮が「人工衛星」を五月三一日から六月一一日の間に発射すると日本政府に通告。政府は事実上の弾道ミサイルと受け止め、ミサイルの破壊措置命令を出した。

5月30日
◆同性婚を認めていない民法の規定は憲法に反するとして、愛知県内の同性カップルが国を訴えた訴訟の判決で、名古屋地裁は「違憲」との判断を示した。国への賠償請求権は棄却。

5月31日
◆北朝鮮は午前六時半ごろ、軍事偵察衛星をロケットに搭載して発射したが、エンジン異常で黄海に墜落した。

ナワ』にまとめたらしく、その宣伝やらイベントやらで東京に来たので、会いにいった。

芦ノ湖、コロッケ、誕生日

二〇二三年六月

6月3日(土)

二月に亡くなった松本零士さんのお別れの会が開催された、と仕事仲間が教えてくれた。「銀河鉄道」といえばぼくの世代は「の夜」だが、若い人は「999《スリーナイン》」なのだろうなあ。

6月6日(火)

夕方から映画関係者と新宿の居酒屋で会う。

なんと「怪しいオジイ」の役で、ある映画に参加してほしいという出演オファーだった。七八歳にして初の銀幕デビューの話に面食らったのち、生ビールを飲みながらしばし悩む。結論はまだ出ないが、受けるかどうかは別として、最近の撮影現場の話を聞けて明るい気分になった。

6月1日

◆藤井聡太竜王が、名人戦七番勝負第五局で渡辺明名人と対戦して名人位を奪得。七冠達成は、羽生善治九段以来、二七年ぶり史上二人目、最年少（二〇歳一〇カ月）で。

◆山形大学がＡＩ技術を使用してナスカの地上絵を新たに確定したと発表。

6月2日

◆マイナンバーカードと健康保険証の一体化を盛り込んだ「改正マイナンバー法」が参院本会議で可決・成立。

◆インド東部オリッサ州で列車同士の衝突事故が発生。近年では最大規模の列車事故になった。

6月9日（金）

ニューヨークに住む娘から電話が入り、カナダの山火事が深刻で市民の生活に大きな影響を与えていると教えてもらう。

カナダの都市の話かと思っていたら彼女の住むニューヨークの話であり、煙が大量に流れ込んで空が橙《だいだい》色に染まり、「世界の終わりのような景色だよ」と声のトーンも低かった。

いくら大規模とはいえ、山火事の煙が数百キロも飛散して国境を越えるなんてちょっと想像がつかない。地球温暖化が原因のひとつだと考えられているようだ。森が燃え、氷河が溶ける今日、戦争なんかしている場合ではないんだがなあ。

6月12日（月）

新宿から小田急線で箱根へ向かう。

ハタチそこそこの頃、偽名を使って芦ノ湖で働いていたことがある。ほんの短期間の話だ。家を出るとき、なぜだか幼馴染みの高橋コロッケ君を誘い、その晩は二人で温泉宿に泊まり、二人で

『銀河鉄道999』

松本零士作。「少年キング」（一九七七～八一）で発表後、媒体を変えながら長期連載していた。アニメ化、舞台化、鉄道会社とのコラボなども。

6月4日
◆警視庁は、元参院議員のガーシー（本名・東谷義和）容疑者を暴力行為等処罰法違反容疑などで逮捕。

6月5日
◆吉野ヶ里遺跡で四月に発見された石棺墓のふたが開けられる。邪馬台国の謎解明へ期待が高まる。

6月6日
◆ウクライナ南部ヘルソン州にあるカホウカ水力発電所のダムが決壊。周辺集落が水没の危機に。ウクライナとロシアは互いに相手側の責任によるものだと主張。

女湯をのぞいた。

その話を編集Tにしたら「なんと！　では、五十数年ぶりに箱根に失踪してみるのはいかがですか？　私たちは後ろからついていきます。温泉も入りたいし」と、この連載のいつものチームに誘われた。最後の一言が本音っぽいのだが、それには気づかないフリをしてロマンスカー「スーパーはこね七号」に乗り込む。この人たちと一緒だと集団失踪になってしまうのだが、仲間と一緒のビールはうまいのでまずはそれでいい。

小田原駅に着くと竹田がレンタカーを借りて、北条早雲像の下で待っていてくれた。高校時代を小田原で過ごしたという彼は、いろいろと段取りが良い。

「おそらく椎名さんは東京駅から東海道線で小田原までガタゴト来たはずです。箱根湯本や強羅《ごうら》、宮ノ下あたりなら小田急か登山鉄道に乗り換えですが、芦ノ湖に行くならおそらくローカルバスでしょうね。つまり国道一号線の山登り。箱根駅伝の五区ですわ。区間賞狙いまっせ」

えっちらおっちらと山を登る（ぼくは後部座席に座っているだけ

6月8日
◆同性婚を認めないのは憲法違反だとして、九州の同性カップルが国に損害賠償を求めた訴訟の判決で、福岡地裁は「違憲状態」との判断を示した。賠償請求は棄却した。

6月9日
◆難民認定を申請中であっても外国人を母国に送り返せるように変更した「改正入管難民法」が参院本会議で賛成多数で可決、成立した。

6月10日
◆テニスの全仏オープン・車いすの部男子シングルスで、一七歳の小田凱人《ときと》選手が世界ランキング一位のアルフィー・ヒューエット選手（英）を破り、四大大会史上最年少制覇を達成。

だが）間にいろいろと当時のことを聞かれて、それに答えていると幽《かす》かな記憶が呼び起こされる。

確か途中で履歴書用の印鑑を買ったはずだ。「いわゆる三文判でしょうね。シヤチハタのインク入りハンコの誕生は一九六八年ですから。とはいえ印鑑が都合良く芦ノ湖に売っているとは思えないので、おそらくシーナ＆コロッケは小田原で降りてますね」と竹田が分析する。

それを受けて「ひょっとして『椎名』のハンコがなくて、間違いなく売っている『高橋』を選んで、そこから偽名をはじめとしたデタラメ履歴書をでっちあげたのでは」とTさんが追随する。

なるほど。それらの考察が合っているかどうかはもう思い出せないし、今はもうどうでもいいのだが、そういう気もしてきた。

車は霧雨けぶる芦ノ湖に到着した。観光客、特に外国人が多く、洒落たカフェやレストランが増えたと竹田。遊覧船乗り場など、昔はもっと質素だったけれど、立派な建物になっていた。それでも、「ああ、休みの日はここから人々の往来を見てたな。あの時はもっと晴れていたな」などと、呼び起こされる記憶もあっ

6月11日
◆一九七八年から九五年にかけて米国各地の大学などに小包爆弾を送りつけ、「ユナボマー」と恐れられた元大学助教授のセオドア・カジンスキー受刑者が一〇日、八一歳で死亡と米メディアが一斉に報道。

た。なぜか二一歳の箱根失踪での空は、快晴のイメージが強い。

　続けて箱根峠や駒ヶ岳のロープウェイ、箱根神社などを巡ったが、どれも覚えているようないないような曖昧な感じだ。ただ、箱根関所のそばの杉並木のあたりを流していると、鮮明に思い出すことがあった。

「あ、ここでエンジンブレーキを教えてもらったんだ」

　無意識に声に出ていた。配達の運転担当だったキヨさんの「箱根は坂が多いから、うまくエンジンブレーキを使わないとブレーキがすぐダメになっちまう」という声も思い出す。

　そうか、ぼくは東海道でエンジンブレーキを覚えたのか。箱根の関所のそばで運転の練習をしたのか。たいしたことではないけれど、少し誇らしくなった。

　ここで運転を覚えて、それから会社勤めをして国内外でキャンプ旅などをさんざんしてきた。いわゆる車好きではないから、どの車に乗るかというのはあまり興味はなかったが、それでも何台かは乗り替えて何百万キロかは運転したと思う。しかし、自分の動体視力や判断力を信じられなくなって七〇歳を前に、最後に乗っていた、そしていちばん気に入っていたべんがら色のピックアップトラックを手放した。二年前には免許も返納した。長い時間が経っているんだなと感じた。

　天気も荒れてきたし、撮影もしたので少し早めに宿に入る。風呂に入ったら宴会だ。ただ、箱根のホテルはどこも高いようで、「豪華絢爛の宿はちょっと経費の問題がありまして、今夜のお宿はひょっとして夕食も質素かもしれません。失踪旅なのでそれもやむなし味わい深しと考えていただければ」と編集Tは謝罪なのか計画的所業なのか開き直りなのか分からないことを言っていたが、夕飯はちゃんと個室で、刺身、天ぷら、焼き物、豆乳鍋などが並ぶ。しっかり美味しいし、文句ない。酒がすすむ。

　ビールからはじめて、ぼくの〝古巣〟である尾張屋で買ってきた赤ワインに切り替える。話題は今日の取材の首尾にはじまって、コロッケ君の実家の肉屋の思い出、腰痛のつらさ、最近読んだ面白い本。例によってどんどん飛ぶ。目黒の話が出るとまだ少し辛い。

箱根のホテル
近年パワースポットとして人気の高い芦ノ湖畔の「箱根神社」「九頭龍神社」。月に一度の「両社参り月次祭《つきなみさい》」を翌日に控えたこの日、近隣のホテルはのきなみ満室、バカ高だったのでございます。

尾張屋商店
地図上では「クィーンズワインおわりや」と表示される老舗酒店。ここぞシーナの〝失踪先〟。詳しくは書き下ろし「さらば友よ！」を参照のこと。

6月13日（火）

朝風呂に入り、味噌汁と干物と白飯と納豆の正しすぎる朝食を食べたのち、晴れたのでまた少し箱根を散策する。

途中、竹田が思い立って「椎名さんが配達したであろう別荘エリアに入りましょう」と適当な路地に入ると、急坂や厳しい幅員が続く一帯があった。そうだ、こういう道には軽トラが入れないので、ケースを肩に担いで配達をしていたんだった。芦ノ湖が一望できる場所に出たので、車を停めてしばらくそんな話をしていた。

編集Tに昭和の失踪と令和の失踪に関して感想を求められたが、ぼくとしてはそのふたつの失踪は地続きだとは考えてなかった。来てみたら思ったよりはるかに収穫があった。何よりも五七年前の自分の足取りなんて誰も興味ないと思っていたが、それをしっかりと編集者が辿ってくれて心強かった。そう言おうとしたのだが、彼女は言う。

「しかし、ひとりで温泉地に失踪するならブンガク的ですが、友人を連れていくと途端に『東海道中膝栗毛』になっちゃう。弥次

『東海道中膝栗毛』
十返舎一九の滑稽本。江戸時代、東海道をゆく徒歩旅行を描いて人気を博し、享和二年（一八〇二）の初刷り以来二〇編、二一年にわたって発表された大人気作品。

喜多ですもん。二一歳のシーナ青年は、へなちょこですねえ」

　竹田も追随する。

「コロッケさんも不思議な人ですよね。粗暴で言葉足らずな友人に、理由を聞かずに箱根くんだりまで付き合ってくれるんだもん。俺だったら絶対に嫌です」

　感謝の言葉はとりあえず飲み込みつつ、まあともかく良い取材ができたので、山を下りる。途中、目黒と木村と沢野で二カ月に一度くらいのペースでやっていた発作的座談会で泊まっていた旅館の前を通った。

　当時、目黒は「椎名が率先してやってくれればみんな動く。だから車を出してくれ」と言い、ぼくは深く考えずに「分かった」と三人の送り迎えをしていた。でも、帰りの車では三人ともいつもすぐに寝てしまっていたので、ひょっとしてあれはうまく使われていただけではないか。この日、初めて気づいた。

　小田原に着いて駅そばの「天史朗寿司」で地魚とビール。寿司も少しつまんだ。ロマンスカーに乗って東京に戻った。

発作的座談会
『発作的座談会』（一九九〇）がシリーズ一冊目。目黒考二が「最初のころは面白かったけど、今読むと辛い」「でも、苦し紛れの注が面白い」と、時代を映す〝なまもの〟としての読み物の面白さを語っている。詳しくは「椎名誠　旅する文学館」内「椎名誠の仕事」を参照。

泊まっていた旅館
強羅環翠楼
★艶っぽく黒びかりした廊下が迷路のようにつづく老舗旅館だった。出版界も景気のよかった時代でした。

6月14日（水）

午後から慶應病院に行って帰宅すると、一枝さんがマグロをひとサク用意してくれていた。食後には、塾だ部活だアルバイトだ勉強だと忙しい三人の孫も集まってくれて、ケーキでお祝いしてくれた。八丈島のカズも電話をくれた。お互い照れ臭く、ぎこちない会話ながら「おめでとう」を言ってくれた。「シーナさん、また島に遊びに来てくれよう」「分かったー」と電話を切った。ぼくは七九歳になった。

6月15日（木）

小学館から出る雑魚釣り隊の最終巻のタイトルを決めるために神保町の寿司屋「ひげ勘」へ。

ぼくとしては担当のケンタロウとふたりでゆっくり相談したかったのだが、「椎名さんばっかり寿司を食べてずるい」と太田トクヤがついてきた。竹田は「椎名さんもトクさんもご高齢になりたくさん食べられないでしょう。寿司を残すのは仁義にもとる。ぼくに任せてください」と割り込んできた。

6月14日

◆岐阜市の陸上自衛隊射撃場で、一八歳の自衛官候補生の男が訓練中に隊員に向けて自動小銃を発砲し、三人が死傷。男は殺人未遂容疑で現行犯逮捕された。

◆シーナ、七九歳の誕生日。

『サヨナラどーだ！の雑魚釣り隊』（二〇二三）

ケンタロウというのは少し騒がしいが、そのぶん腹蔵ない人物で「なんであんたたちまで来るんだ」と文句を言いながらもしっかり受け入れて、なんだかんだ楽しい夜だった。麒麟山《きりんざん》はいい酒だ。

6月18日（日）

北海道南部の八雲町でトラックが高速バスと正面衝突する事故があった。

テレビは被害者の数やその原因などを報じていたが、バスの横っ腹に大穴が空いていたり、トラックのフロントガラスが粉々になっている映像を見ると、気持ちが落ち込んでしまう。今は携帯で誰もがカメラを持っている時代だし、ドライブレコーダーの映像などもある。あらゆる写真や映像がすぐに世の中に出回っていき、生々しすぎる。

6月20日（火）

少し体調が悪く、ビールも美味くない。梅雨のせいにしたいと

6月16日
◆「フォークボールの神様」、元プロ野球投手の杉下茂さんが肺炎のため、一二日に死去と発表。享年九七。
◆「精密機械の制球力」と称された、元プロ野球投手の北別府学さんが死去。享年六五。

6月17日
◆天皇皇后両陛下は国賓としてインドネシアを訪問。国際親善のための外国訪問は即位後初めて。

ころだが、雨だと静かで原稿は進む。

6月23日(金)

調子が悪いので病院でCTスキャンを受けることになった。

MRIもそうだが、閉所恐怖症のぼくにとってはただの拷問装置だ。一応、医者や看護師から毎回、説明を受けるが、どういう仕組みになっているのか実はよく分からない。ガンガンゴンゴン鳴るのはどっちだっけ。SF映画などで似た装置が良く出てくるのも「よく分からないけれど、最新鋭のもの」というイメージからだろう。

異常はなかった。

拷問によく耐えたので帰ってビール。家族に電磁と電子というのがなんとかして、細胞の向きを揃えて……と説明しようかと試みたが、諦めて二本目を飲んだ。

6月24日(土)

名古屋の朝日カルチャーセンターで「旅先のオバケ」というタ

6月23日
◆太平洋戦争沖縄戦の犠牲者を悼む「慰霊の日」を迎え、沖縄県糸満市で追悼式。

6月24日
◆エンゼルスの大谷翔平選手がロッキーズ戦で今季二五号を放ち、日米通算二〇〇号本塁打を達成。

イトルの講演。同名の書籍を出しているのでこの内容になったのだが、別にぼくはオバケの専門家ではないので、伊達メガネをかけて思いつくままに話をした。

話しながら、情報がなんでも整頓、解析されてしまう現代では物《もの》の怪《け》や魑魅《ちみ》は生きにくいのだろうな、と思った。不可思議な説明できない部分が世の中でいちばん面白いし、恐怖が残っていないと想像力が育たないというのに。

名古屋で仕事をすると、駅の中の店で名古屋コーチン焼き鳥を食べて帰るのが黄金コースだ。この日はレア気味のレバーと親子丼がうまかった。ビールとハイボール。新幹線でよく眠れた。

6月28日(水)

連日、ジャニーズ事務所の性加害問題が、テレビで取り上げられている。報じられているわけではない。ただ、ショウとして取り上げてタレントがコメントしているだけの問題提起も方向性もない垂れ流しだ。

まあそんなものは見ないのでどうでもいいのだが、芸能界だけ

『旅先のオバケ』(二〇一八)

★単行本は和田誠さんの装丁でとてもかわいらしいのだ。

6月26日

◆東京電力は、福島第二原発にたまる処理水の海洋放出設備が完成と発表。

◆洋画家の野見山暁治さんが二二日に死去と発表。戦没画学生の遺作を収集、保存のための美術館「無言館」を設立するなどの活動も現代美術界に大きな影響を与えた。享年一〇二。

6月27日

◆警視庁は、自殺ほう助の容疑で歌舞伎役者の市川猿之助容疑者を逮捕。同容疑者は、五月一八日、同居する両親とともに自宅から救急搬送、父親で歌舞伎役者の市川段四郎さんと母親はともに死亡が確認された。猿之助容疑者が睡眠薬を両親に服用させた疑いが持たれている。

ではなく、もっとも汚い政界をはじめ、あらゆる芸術や、角界にもタブーや悪習は存在するのだろうなと思った。映画は大好きだが、いざその業界に足を踏み入れると嫌なことはたくさんあった。膿はどこにでもあるのだ。

「オバケ」なんてこわくない。コワイのはヒトだ、とはよく言うが、あのころ、なんにでもすぐ怒り猛《たけ》っていた自分が、どんなふうに魑魅たちと対峙し生き延びてこられたのか考えてもよくわからない。紙一重でパンチやキックを避《よ》け続ける格闘技の試合のように（ときどきキツイ一発をくらいながら）、つぎつぎに舞い込むたくさんの仕事と家族と、そして友たちとの時間にせいいっぱいだった。

6月28日

◆財務省は、二〇二四年七月前半をめどに紙幣のデザインを変更し発行すると発表。新一万円札は実業家・渋沢栄一、新五千円札は教育者の津田梅子、新千円札は医師の北里柴三郎の肖像が描かれる。

6月29日

◆広島市の平和記念公園と、旧日本軍の真珠湾攻撃の犠牲者の慰霊施設などがある米ハワイ州のパールハーバー国立記念公園が姉妹公園協定を結ぶ協定調印式が行われた。東京の米国大使館で。

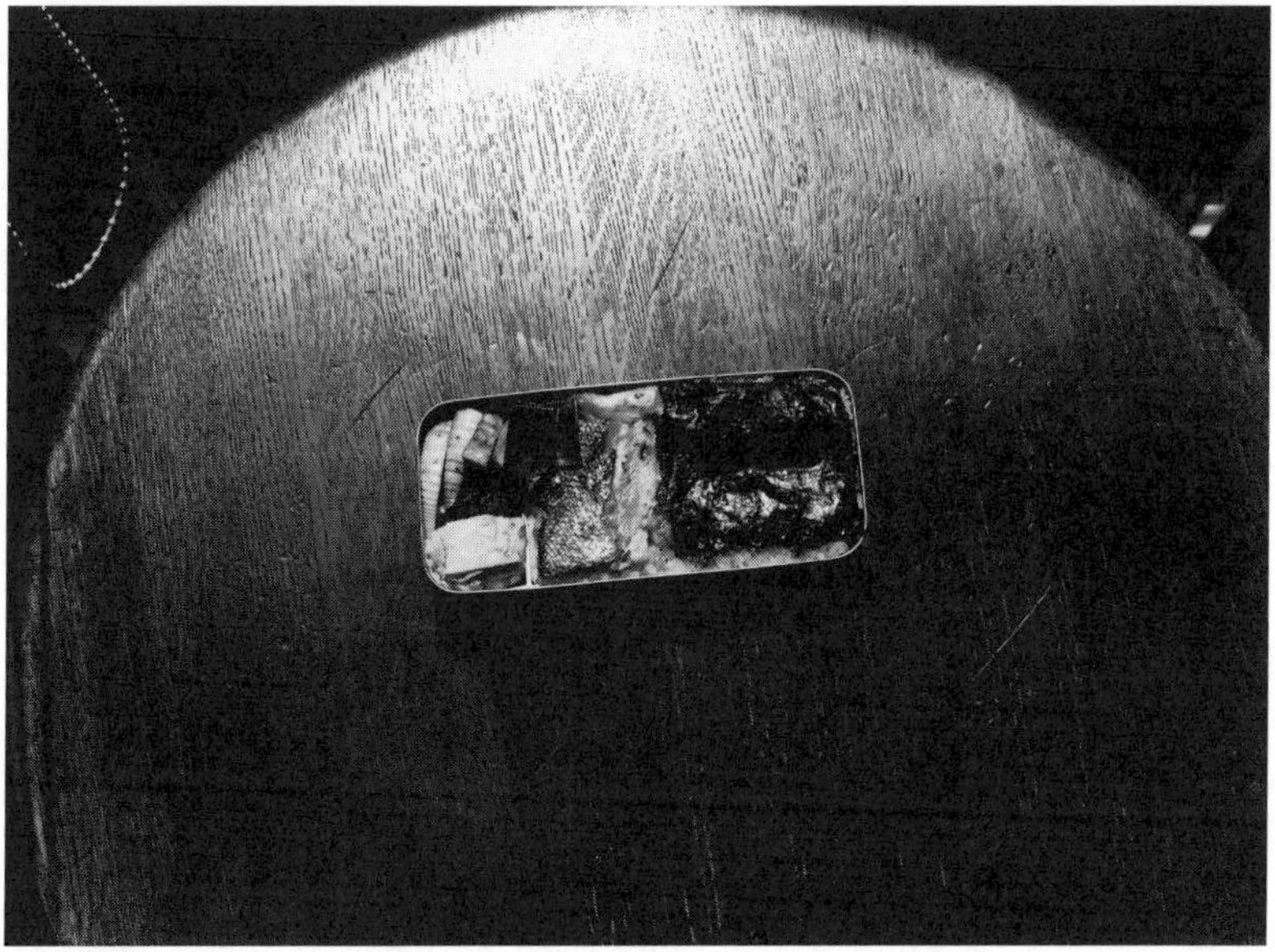

さらば友よ！

シーナ、逃げるな

辛いことが多い一年だった。親友の目黒考二が亡くなってしまった。

二人で「本の雑誌」をつくりあげてきた無二の相棒でもあり、北上次郎の名前で文芸評論家、藤代三郎の名で競馬評論家でもあった。長く深い交流だった。ぼくにとってはそんなに多くない親友の、あまりにも急な訃報を受け、しばらく何も手につかず、感情も思考も乱れたままだった。

もう顔をあわすこともできない。最後はなんとか電話で話ができるだけだった。

「シーナ、励ましの言葉みたいなものは聞きたくないんだ。いまは楽しかったことだけを話そうぜ」と彼が言うので無人島でのキャンプのことなんかの話をした。話をしながらごんごんと涙が流れてきてしかたがなかった。五分ほどしてもう疲れた、というのでそこでなんとなく別れの言葉をかわした。

「じゃあな」

「じゃあな」

それが目黒と話した最後だった。そのあと長い手紙を書いた。すぐに事務所のWさんが郵便局にもっていってくれた。あとで聞いた話だが、その手紙はお棺に入れられていたそうだ。

まさしく「さらば友よ」だった。

節目節目でぼくはごく自然に文芸評論家・北上次郎としての舌鋒鋭い批評を受け、相棒・目黒考二からのストレートな指摘、意見などを受け、ときには「あれを読めよ」という伝言を受け、それをいつもちゃんと真剣に聞いていた。

ぼくはこれまで三〇〇冊を超えるムダ本を書いてきたが、目黒は書評家としてそれらを全部読んでくれた。これは、目黒がぼくのホームページ「旅する文学館」の「初代館長」を引き受けてくれたとき、館長の仕事として、全著作を順番に読み批評しながら作者（ぼくのこと）にあれこれ訊いていく、「椎名誠の仕事」というコーナーを立ち上げてくれたからだ（これはのちに『本人に訊く』というシリーズ本になりこれまで二冊が刊行済み）。そのコーナーは論者がいなくなった現在、中断している。目黒が亡くなった後も新しい本が何冊も出てしまってどんどんたまっていくばかりだ。

目黒がぼくの書いたものを確実に真剣に読んでくれているのはわかっていた。当代一の文芸評論家が読んでくれているのだからヨタヨタ作家には有り難いことだ。

そのコーナーの謝礼は「いらん。そのかわりビールをしこたま飲ませろ」と目黒が言い、だから彼がまだ元気でいたころは事務所の会議室などでそのインタビューの時間のあとは街に出た。新宿が多かった。


コロナでその会がしばらく中断していたので、目黒とは久しぶりだった。

狭い会議室なのに大きな声でいつものように鋭く本の話をしたあと、いつものようにビールとなった。杯を重ねていたときにぼくの小説の話になった。彼はいつものように歯に衣きせぬ論評そのままに、こんなことを言った。

「シーナ、私小説を軽んじてはいけないよ。もっと真剣に覚悟をきめて、私小説の本質から逃げずに、真実に近いところをきっちり書きな。自分の本当をさらけだして書いていけば読む人もわかってくれる。いまや私小説は文学世界の片隅分野に追いやられつつあるけれど、だからこそ意地を見せるときでもあるんだ」

大きな声がこう続いた。

「私小説の怒濤《どとう》の奔流はセクスアリスだぜ。おいシーナ、お前はずっとそこのところからのらりくらりとして書いてなかったろう。それはずるいぜ。逃げるなよ」

それはデビュー間もない頃に『岳物語』（私小説とも思わず書いたような気がする）が思い

もよらぬベストセラーになってしまったことで、初めて家族のことを考え、どこかすくんだ、というか私事のあれこれを小説に書くということについて慎重にもなった自分へのサインだろうということがわかった。もういいんじゃないか、もっと面白いものを書けよ、読ませろよ、という欲張りな本読みの声が響くようだった。

その友が去っていってしまった今、ぼくは結果的に彼の最後のサゼッションというか、むしろ気合！　となったそのヒトコトに沈黙し、感謝し、その本質に自分なりにむかっていく新しい「小説世界」に挑むことにした――つもりである。

そのひとつが「本の雑誌」だ。この、ぼくにとってふるさとのような世界である「本の雑誌」で新しい連載を始めていた。本質的には軽く流していく身辺小説のたぐいで、当初は長いつきあいのイラストレーター沢野ひとしの真実の姿を描いていこうと思っていた。タイトルは自作をもじって「哀愁の町に何が降るというのだ。」としていた。友人たちと狭いアパートを借りて住んだ小岩の「克美荘」前日譚《たん》というつもりで三〇〇枚ぐらいの長さになるだろうというものだった。二十歳《はたち》前後の、幼稚で冗長な、青年時代の話である。文学世界ではもっとも古典的かつオーソドックスな世界でもある。

そこにこれまでずっと閉ざしておいた怪しく、危ない、でも蠱惑《こわく》的な、忘れてしまったほうがいい、と思っていたわが爛《ただ》れた異様な時期の出来事を書いていくことにしたのだ。目黒と話していたときに言われていた、本当のできごとにこだわった。

書きだしてみてわかったのはそういう方針を決めて思いきって解放すると、自分でもびっくりするくらい夥《おびただ》しいエピソードに満ちていてそれがじわじわ渦巻いている、ということだった。そのあたりを分類して分かりやすくすると「オカルトポルノ」というものになるようだった。うひゃあ。なんという低俗かつ魅力的なジャンルだろうか。

もうひとつは、これから書こうとしている若い頃の「失踪」の話だ。

この「失踪願望。」と題した日記連載を始めたのは二〇二一年の春のことで一年たって一冊分をまとめて単行本にするとき、雑誌の記事のために目黒考二がぼくにインタビューをしてくれた。事前に目黒は担当者にゲラとは別に一九八七年に出した単行本『パタゴニア』を送ってくれと言ったそうだ。「椎名の失踪願望の話をするなら『パタゴニア』から始めないといけないんだ」と。

インタビューの冒頭、目黒が話題にしたのは、若い男性向けのカルチャー誌に発表した『長崎の女』をはてしなく追う旅」というエッセイのことだった。会社員時代の出張先でバス停に立つ細い眉の女に見つめられ、というような当時好きだったつげ義春さん風味たっぷりのささやかな回想を入り口に、自分の意思でいつでもバスに乗ったり降りたりできる、自分を旅の中に置けるような人生にするのだ、という決意と、ぼくが作家になったばかりのころ、ぼくの不在や生活の激変から不穏な精神状態になってしまった妻との関係を書いたものだ、と目黒に説明された。この「長崎の女」は、何年かたって『パタゴニア』に「コンドルはいいなあ」と改題改稿して収録していた。

コッポラコートでフラフラしていた

サラリーマンをやりつつ作家になったのは三四、五歳ぐらいだった。作家などというものはなんとなくそういう職業になっていくもので、学校の先生とか医師とか弁護士とか建築士など「資格」のある職業とは違う。

作家は自己申告制である。

オレ今日から作家。そう決めたんだ。ナメンナヨ。などとタンカを切ってもいい。もっとも一般的にはそんなことをしても笑われるだけだった。あたりまえか。

まだ会社員だったころの一九七六年に目黒考二と一緒に「本の雑誌」を作った。そこになにか駄文をじわじわ書いているうちに商業誌からも執筆の注文がくるようになり、それらが連続的に載っていき、いきなり単行本になったりして自分でさしたる認識もないうちに気がついたら「作家みたい」になっていた、とおのれの場合は自覚する。

ぼくの場合、そのようになってきたときもあくまでサラリーマンであり、会社に仕える身であったからあまり大っぴらにはできなかった。

なるべく地味にしていたが、自分が書いているモノが雑誌や本になって勝手に書店に並んでしまう、というのは、やってみるとスリリングだがやはり痛快である。

たちまちバレてしまった。といっても別にカタクナにそのことを隠していたわけではなく、サラリーマンとしての仕事は業界誌の編集長として自分の雑誌を取り回し、誌面や新聞などに原稿を書くことで、書く、という仕事自体は同じだったから、「まあ、いいんだろうな」なんて思っていた。でもそういう本がいきなり新聞広告に大きく載り、あまつさえベストセラーなんてものになってしまうともういけない。

どうしたって会社という世間には「嫉妬と羨望」みたいなものがうずまいている。その実例をいろいろ体験した。そのヘンの話にはまだ一度も書いたことがないこともある。ザックバランに書いてしまうと面白バナシの宝庫みたいになる気がする。会社勤め時代にはいろいろ面白い話があったのだ。今書いたらすぐに本一冊ぐらいにはなると思う。

その会社での最後の仕事は五人のチームで新雑誌を作っていくことで、ぼくはその新雑誌の編集長だった。自分で企画したのでまあ言ってみれば自分の子どもを育てていたようなものだ。社内にほかにも編集部がふたつあったから張り合うことになり、それも仕事の面白さを加速させていた。まぐれにだがその雑誌はよく売れてどんどん部数を伸ばしていったので、実際の話、作家として独立して会社を辞めるということはその子どもを荒野にほうり投げるようなことでもあり、決断するのはけっこう苦しんだ。

そのいっぽうで求められるまま世の中に書きまくりつつあったぼくの奔放な文章は突然変異そのままに不思議なことにまあよく売れて、いつの間にか連載を四本ほども抱える売れっ子になっていったので、そっちからいろいろ魅力的な仕事の声をかけられ、まったくあわただしいコトになった。

だから、会社をやめて自分の足だけで人生を進んでいく、というコトをこころに決めたはいいものの、ぼくはフワフワとしてちょっとヘンになっていってしまった。

会社に一五年も勤めて、のめり込んでわが子みたいに育ててきたものを明日からスパンと捨ててしまえるほどぼくはドライではなかった。出版界という魅力的だがじつは何だかよくわからない世界に、誘われたのをいいコトに無邪気にはばたいてみると「バーカ」などといってどこかから撃たれてヘナヘナする、などという暗黒の先々が待っているのかもしれない。妻と子どもが二人いる。ぼくはみんなを愛していた。外界に出ていって路頭に迷う、というのはいやだ。

その間にも家にも会社にも、マスコミ・ジャーナリズムの世界からじゃんじゃん原稿注文の電話が入ってきていた。

ぼくはそういうソトからのあるとびきり魅力的な仕事の用件に翻弄されながらフラフラと街を歩き回っていた。あるときいきなり寒波がやってきたので、よくフラフラしていた上野のアメ横で米軍払いさげのやたら丈の長い厚地のコートを買った。ベトナムにおける戦場の血がこびりついているようなコートだった。

それをひきずりながらさらにフラフラ歩いて四谷三丁目の小さな慶和ビルに行った。六階に「本の雑誌社」の初めてのオフィスがあった。

「本の雑誌」は売れ残ってばかりだったが、それでもだんだんと増えてきた電話注文を受けるためたった一人の社員（木原ひろみさん、のちの作家の群ようこさんだ）を雇ったばかりだった（それまでは目黒の実家で、目黒のお父さんが注文を受けてくれていたのだ）。

オフィスとは名ばかりの狭い部屋にいつも一人でいる彼女は、ぼくがのそのそ入ってくと驚いてなんだかフランケンシュタインが来たようだ、丈の長いコートだから見た目にもでっかくなる、と言った。ぼくはコッポラの映画『地獄の黙示録』を見た後にアメ横をフラフラしていたらつい、血のついているような古着コートを買ってしまったんだよ、と彼女に言った。

だから彼女はそれを「コッポラコート」と呼んだ。結局、ぼくが会社を辞めたのはその年の秋だった。三六歳になっていた。

妻とぼくの「パタゴニア」

その頃、ぼくが迷っていたのはマゼラン海峡へ行くという実に魅力的な旅に誘われていたからだった。未知の領域の多い探検隊そのものの旅の計画だった。

会社を辞めるとたくさんの自由な時間が生まれてきたけれど、それをすぐ埋めるようなイキオイで新しい仕事が押し寄せてきた。いろんな規模のいろんな旅をすることが増え、自宅でも昼夜のいれかわった生活になった。ぼくが留守にしているときでも電話はおかまいなしだったようだ。

真夜中にもかかってきて、ぼくがいないときは妻が出る。

妻は、夫はいません。出かけている先はわかりません、とこたえるしかなかった。

その頃、妻は保育園で働いていた。自分の小さな子とたくさんの園児たちの面倒を見る毎日で疲れているから夜一〇時ぐらいには寝てしまうが、高度成長に沸いていたマスコミ・ジャーナリズムは夜の一一時などはまだ宵のくちだ。妻はとことんまで真面目で真剣な人だったから、そういう電話に叩きおこされることはしょっちゅうだったようだ。くわしい行き先は告げず、帰りの予定もはっきりしないぼくの旅の日々がつづき、帰ってくるとすぐにぶったおれるように寝てしまう。

かくして会話のない夫婦というものが生まれた。夫婦喧嘩こそなかったけれどはっきりした齟齬《そご》ができた。育ち盛りの二人の子どもがウロチョロしていた。気がつくとぼくはつくりたての家庭を放り出していた。

そのころの日々は小さな旅の連続だった。家に帰らずコッポラコートを着て新宿あたりでふらふら飲んで、帰宅すると翌日からの新しい旅支度をしてまたどこかの町にフラフラ出ていった。

　マゼラン海峡への旅はフラフラした末にいくことを決めてしまった。海峡を走り抜けて、先端のケープホーンまでとにかくたどりつく。移動手段ははっきりせず、旅程なんかあるようでなかった。まだ旅人はそこに誰もいっていない頃だった。アルゼンチンの先端から南極に臨むドレーク海峡は、三六五日嵐の海——として多くの船乗りたちに恐れられていた。

　そのルートをしっかりと行った航海記は一六世紀のマゼラン探検隊、一九世紀のダーウィン率いたビーグル号ぐらいであとはない。二〇世紀初頭にパナマ運河ができて以来、太平洋と大西洋をつなぐルートはパナマ運河にまかされて危険なルートは完全にすたれてしまっていた。そういうあぶなっかしい海峡を行く旅である、ということも妻には言わなかった。

「このところ、会話がないなあ」

と気がついた頃、罪滅ぼしのように、とってつけたようにぼくはいろんな話題を捻《ひね》り出して妻との会話をこころみた。話しかけると細い返事はかえってきたがいつものような快活な弾みはなくあきらかにヘンだった。それに決定的なのは話しながらぼくの顔をまったく見ないことだった。妻がぼくにはうかがいしれない何かこころの病に閉ざされつつあるらしい、と気がついたとき、もうぼくはまるで引き返すことができない状態になっていた。

あと三日でいよいよ日本を出る、というときぼくはオロカにもつい声を荒らげて、なぜまともに話をしてくれないんだ、と怒ってしまった。

妻はびっくりしてぼくの顔を見つめていた。でも黙ったままだった。しばらくして沢山の涙を流しはじめた。涙はつぎつぎに溢れていった。でも泣き声はなかった。

それ以上、何も進展することはなく、ぼくが出発する朝、妻はいつものように保育園に行くためにひとあし早く家を出た。

「行ってきます」

そう言った。ぼくも何か言ったがいまは覚えていない。自転車で最初の角を曲がるときに振り返ってくれるか！　と思ったけれどそうならなかった。

それから数日後、ぼくはマゼラン海峡に牙のような鋭い波を叩きつけ、ときに体を引き裂くようなけたたましいアンデスの風のなかにいた。我々の乗ったオンボロの戦艦はドレーク海峡に突入しようとしていた。艦の中のすべてのものが震えていた。

五日間の交渉のすえにチリ海軍の砲艦リエンタール号に乗ることができ、ぼくは激しく揺れる軍艦の甲板で氷河を縫ってつらぬくアンデス山脈を眺めていたのだった。

その上をコンドルが舞っていた。

コンドルは大きな鳥で、翼のさしわたしは四メートルほどもあった。上昇気流をとらえて二〇〇〇メートルぐらいの山脈の上を音もなく流れるように飛んでいた。

「コンドルはいいなあ」

ぼくはあのときの、声のない、妻のぼろぼろの涙の意味を考えていた。考えても答えはみつからなかった。なんとなくわかってきたことは、妻はぼくからどんどん遠く離れていっているらしい、ということだった。

そのときわかった。ぼくはどこかへ失踪をしたい、などということをほざいていたが、すでに日常から失踪しつつあるのは妻のほうだったのだ。

ぼくは旅の間中、帰国したらもう妻はいないのではないかとずっと怯《おび》えていた。船底で甲板で叫びだしたいほどのむなしさがふいに襲ってきた。

いますぐに、ひとことだけでも話をしたかったが地球の表側と裏側に位置している。これほど離れてしまうと、その当時、電話など簡単にはつながらなかった。

帰国した空港で待っていた妻と目が合ったとき心底安心した。彼女が外国から戻るぼくを迎えに来るというのは初めてのことだった。

青き失踪願望のはじまり

旅と失踪は似て非なるものだ。思わぬ事情で二度と帰れなくなる可能性はあれども（旅先で何度か死にそうな目にあっている）、帰らないことを前提で旅に出てしまうことはない。ないと思っていた。

椎名の失踪願望を語るには『パタゴニア』から始めなければいけないんだ、という目黒の指摘は自分のうちにあった〝願望〟に改めて気づかされるようだった。パタゴニアの、ドレーク海峡に向かう決心をしたころたしかにぼくは妻と子どもから離れようとしていたのではなかったか。あのとき帰って来られなかったら。妻が迎えに来てくれなかったら。いや、そもそも願望だけではなかった、と思い出したのだ。ぼくはもっと前に一度〝失踪〟したことがあるのだった。

いままでいくつかの短編の題材にしたことはあるがノンフィクションとしてはどうしても書けなかったのは、封印していた「オカルトポルノ」のことを書かねばならなかったからかもしれないと気づいた。さらに、そのことを書くには、ぼくの人生を変えたある事故のことから始めねばならない。すでに何度か書いていることだが、まずここから始めてみる。

思いかえすと、わが人生はハタチそこそこで惨憺《さんたん》たる状態で終わっていた可能性がある。

その年の冬に交通事故をおこし、生きるか死ぬかの極限状態となったのだ。突然の衝撃のなかで気を失いそのまま死んでいても不思議はなかった。

ぼくは友人Kの運転するクルマの助手席にいた。ぼくも友人も危機感ゼロの大バカ状態だったので、起きるべくして起きた……という悔恨の経緯を辿っていた。

生きていたのは奇跡的だった。調べにあたった警官にそう言われた。もっとも事故直後は気を失っていたので、入院して三、四日後、病室での警察の調べのときに聞いたことだった。ぼくもKもベッドに寝たままの状態での取り調べだった。

いま、ここまで生きてきて、少し静かに思い出せる状況となり、その思いがけない命の屈曲点について改めて考えることになった。

まずどうして事故になってしまったのか。今までこんな書き方はしたことがないが、箇条書きにして整理しながら追っていってみる。

1　運転していたのは友人のKだった。後におそろしいこと、と思ったが彼は運転免許を取得してまだ一週間ぐらいだった。とにかく運転したくてしたくて落ちつかない状態になっていた。結果的にKとぼくが夜の雨の降る道を一緒に走ることになった経緯はこうだ。
2　運転したくて仕方のないKとぼくは、まず共通の友人が運転するピックアップトラックに乗って三人で千葉から両国へ向かった。その車でちょっとした荷物を千葉に持っていく必要があったので復路のドライバーを請け負ったのだ。車の持ち主は自分が運転をしなくていいなら時間ができたと、喜んで一人で両国の街に出ていった。
3　二月の寒い日だった。まもなく夜一〇時になる頃だった。千葉街道まっしぐらで目的地までゆっくり行っても五〇分ぐらい、と計算した。でもゆっくりとは行かなかった。Kはぐんぐんスピードをあげていって一〇〇キロ近く出ていたようだった。
4　力のない静かな雨が降りだしていた。温度がさがっていき、千葉では「みぞれ」になっていたのだが我々は知らなかった。カーラジオは聞いていなかった。問題の場所に近づいてきた頃には「みぞれ」はやんでいた。けれど二月である。夜中の雪まじりの雨によって道路が凍ってきていることに我々はまったく気づいていなかった。
5　Kはさらにスピードアップしたようだった。クルマを返したらまたしばらく乗れなくなるなあ、と彼は残念そうに言った。いくらかカーブしているところでちょっとブレーキを踏んだ。そのとたんクルマは激しく左右に揺れ、Kはハンドルで抑えようとしているようだった。でもすぐに物凄いスピードで歩道に乗り上げ、そこをクネクネ走っていったがやがて歩道横のコンクリートの電柱にナナメ上にむけて突き刺さるように激突してやっと止まった。あっけなかった。
6　当時は今のようにみんなシートベルトを締めるような習慣はなかった（そもそもベルトが付いていなかったように思う）。Ｋもぼくも物凄いイキオイで頭からフロントガラスをぶち破り、粉々になったガラスとともにボンネットの上に飛び出していた。でもそれは後々そんな具合になったのだ、と聞いて知ったことで、あとは断片的な記憶になる。
7　我々の少し後ろをタクシーが走っていた。事故直後、そのタクシーの運転手がすぐにきて我々をだきあげ自分のクルマに乗せて近くにある救急病院にはこびこんでくれた。
車も少ない時間帯だった。もしそういうクルマが走っていなかったら、クルマが走っていたとしても救急車を呼ぶだけだったら、運転手が地元の人ではなく近隣の救急病院の知識などまったくなかったら、仮りに十分間もそのままだったらぼくもＫも出血多量で血も命も失っていただろう。
8　意識がチラチラ戻ってきたのは病院の明るいライトの下だった。驚嘆の顔つきの看護婦や不機嫌な声の医師が何か言っていた。
「ぼくの、これ、治りますか」

まぬけなことを聞いた記憶がある。医師は「君はいまそういうことよりも、生きる、ということを考えなさい」と言った。それを聞いてまた意識が遠のいていった。

（箇条書きにしてみてもさほどのブンガク的効果もなかったので普通に戻そう）

ぼくは顔と頭に深い裂傷を負っていた。タクシーから病院にはこばれていくときにぼくは指で自分の傷の内部をさぐり、おそろしく熱く深い、ということを知った。アドレナリンが噴出していたからだろう。傷のなかに指をさしこんでも（おそらく二〜三センチぐらい）痛みは感じなかった。熱い、と感じたのは血に触ったからなのだろう、と思う。

Kはハンドルに胸と腹を激しく打ちつけたことによる胸、腹部強打、内臓損傷となった。隣のベッドからは唸り声もうめき声もなかった。

二人とも回復していくなら全治二カ月と診断された。少し前までぼくは柔道、Kは空手をやっていてともに黒帯になっており、それまでの人生で一番強いからだになっていたのだった。死ななかったのはその強靭《きょうじん》な体のおかげだったような気がする。ぼくは二カ所、合計一七針縫ってもらっていた。

辛く、心細い入院生活がはじまったが毎日のように沢野ひとし君、木村晋介君、高橋コロッケ君らが顔をみせてくれた。ぼくは絶対安静で、治療は脳にたまっている血が抜けていくのを待つだけだった。そしてあらたな脳内出血を予防するために二四時間、とにかく氷で頭を冷し続けることだった。

彼らはその看病の担当を時間割を組んで分担してやってくれた。木村、沢野、コロッケ君と、なぜか恋人でもなんでもないイシイさんという一級か二級下の女の子が昼間の担当をしてくれた。いつも隅で笑っているふくよかなかわいい子だった。そのシフトがきっちりできていたので母をはじめとしてぼくの家からの看病の手伝いは必要なくなっていた。

Kは始めの頃、ぼくと同室の隣のベッドにいたのだが、入院一週間ぐらいした頃、ぼくもKもまだ何も食べられず話をするのも苦しい、という段階だったが、突然五、六人が黙って部屋に入ってきた。Kの母親とその知り合いらしき人たちだった。

彼らはどういうつもりなのか自分らでタンカを持ちこんできていた。そして手ぎわよくKをタンカに載せると素早く部屋から連れていった。

意図してか偶然だったのかみんな黒っぽい服装で静かに入ってきたものだから本当に怪しい誘拐団のように見えた。病院側の人はいなかった。ぼくにも何も言わなかった。

Kの家は古くからなにか隠然たる力がありその土地では知らない人はいないくらいだった。とくにKの母親はどっしりした風格で女親分として知られていた。みるからに強靭な個性があり影響力が強そうな人だった。

Kの母親の急襲は何かただならぬ理由があってのことだったのだろう。ぼくはそのありさまを、ただ呆然と見ているだけだった。

医師にも病院にもなにも知らせないでそんなことをしていいのだろうか、と不審に思ったが全体の迫力に気おされて何も言えず、何も聞けなかった。翌日になれば、とんでもないことがおきたとわかるはずだったが、とにかく立場としてもどうしようもなかった。あっという間の出来事だった。

どこへ移動させられるのかＫにも知らされていないようだった。親子であっても犯罪そのものの行為であるように思えた。

Ｋは青ざめたままタンカに載せられ病室から外に連れだされていった。部屋をでるときに数秒、Ｋと顔があった。たがいに何も言えなかった。目だけの挨拶をした。これからたがいにどうなっていくのか見当もつかなかったけれど、どちらかが死ぬのかもしれないな、とひっそり思った。「さらば友よ」なんだな、ということはわかった。それから友人チームに守られて何日も過ごした。

蟄居生活と本箱の宇宙

入院は四〇日間だった。脳内出血がきわどかったらしい。つまり「死」もすぐそばにあったのだ。医師や警官によると生還できたのは驚きの復活だったらしい。自宅にもどってもそこでさらに一カ月は静養と言われ、それを守っていた。

春もとうに終わっていた。月に二回、額と頭の裂傷の回復の具合いを見てもらい、消毒して包帯を替えてもらうために病院に通う必要があったが、文字どおり家でゴロゴロしていた。進学した学校には休学願を提出した。とにかく体に無理をかけてはいけない、と言われていたので家で安静にしているしかなかった。することといったら家で本を読むか昼寝をするか、同居していた長兄の娘、三歳の姪っ子を連れて近所をブラブラ散歩することくらいで、柔道や喧嘩にあけくれていたエネルギーをもてあましてどうにかなってしまいそうだった。

その頃、母親は家で日本舞踊を教えていた。父は九年前、ぼくが一二歳のとき亡くなって、寡婦として母は弟子をとり、若い頃にのめりこんでいた舞踊で生計をたてていくしかなかったのだろう。

社交家の母は人脈をつかってどんどん弟子を増やしていった。家の基本の経済は長兄が父親のあとを継いで公認会計士という仕事をしていた。

不思議なことに舞踊教室の音楽からは三味線と小太鼓の音だけが飛び抜けて聞こえてくるので、ぼくは昼間はそこからいちばん離れた兄夫婦の部屋に自己隔離して本を読んでいるしかなかった。

だからこの時期、ぼくの読書量はものすごいものになっていた。

家の三カ所に六尺の高さの本箱があって、そこに沢山の本がぎっしり詰まっていた。大きな本箱にはどれも本がきっしり詰まっており、文学ものが圧倒的に多かった。読書家だった長兄と姉が読んでいたのだろう。

本箱はいずれも世田谷のぼくの生家にあったもので、その頃は三台とも廊下にあった。勝手に生えている木みたいに頑丈で、沢山の本が一切の妥協なく詰め込まれていた。

幼い頃のぼくはそれらの本にはまるで関心がなかったから、それらは頑健な建物と同じようなものに思えた。何もかもきっしりびっしりしていて無機物きわまりない。せいぜい五歳頃の記憶だから正確ではないが、ぼくにはどうでもいいことだった。

生えている木と同じだ。そのまま行けばぶつかってしまうから自分の意思でそれをよけなければいけないもの。それだけのものだった。

一度だけぼくのおぼろな認識に思いがけなく大きくからまってきたのは、風邪をひいて寝ているときだった。高熱にうとうとしながら、ぼくは天井板についているいろんな節目模様を日がな一日眺めていた。

見覚えのある節のまわりの縞の流れ模様は天井を流れる川そのものに見えていた。多くの節は流れにあらがい、それによって乱流をこしらえていた。

あちこちの乱流を目で追っていくのはけっこうたいへんだったけれどいま自分しか監視する人はいなかったからとにかくずっと追いつづけた。いつの間にかぼくは小舟にのってその激しい流れに翻弄されていた。小さくサカサになったぼくは節によって突然おきる渦なみにもみくちゃになって、それでもずんずん流されていくしかなかった。

ぼくがのせられた荒れ川はまもなく部屋の端にたどりついてそこから廊下にでることに

なった。ぼくの視線は自由になっていて、部屋から廊下の流れに入り込んだ。わりあい心配なく流れこみ、やがて隣の部屋の流れに入った。

そこは父の部屋だった。父はいつも部屋の隅で仕事をしていた。古い簿記台《ぼきだい》にむかっている。ぼくは父に気づかれないように部屋をぐるりとまわり、すぐにまた廊下の流れに戻った。水はいくらか澄んできて、水底にビルのような高い建物が見えた。それは廊下にある大きな本箱なのだな、ということがわかった。ぼくは元に戻るにはどうしたらいいのかわからなくなってしまう恐怖を感じていた。


三つの本箱の中身、本を手にしたのはその家から千葉の家に越してからのことだった。廊下にあった本箱は、父がよく座ってそこから本を引っ張りだしてはかたわらの「籐椅《とうい》子《す》」にすわって読んでいた。中学生になって本の内容が少し気になった。

その本箱の大多数をしめてひときわ目立っていたのはオウド色の装丁の筑摩書房の本だった。日本文学全集でごっそりあった。

A五判、三段組にぎっしりコマカイ活字が並んでいた。そのほかにも外国人作家の重厚な装丁の全集や詩の全集もあった。

ぼくは文学全集の一冊を手にした。きっとすんなり理解はできないのだろうな、と思ったがそんなこともなくじきにその物語の世界に入っていけた。記述のなかで誰がどんなことを思い、考えているのかわかった。なにかしきりに怒っているのだがそのところどころがかなり難しい語句（漢字の羅列）で怒っているので、この人は怒っているのだろうなあ、ということが強くわかった。

章が変わるとまったく別の情景で、さっきの人とは別の人が怒っている。読んで理解していくまでまたエネルギーが必要だった。

分厚い一冊をぜんぶ読むには到底ぼくには根気が続かないだろうな、と思いながらパラパラ様子をみるとそこから一〇〇ページもいかないうちにその話はいったんおしまいのようだ、ということに気がついた。そこから同じ小説家の次の「話」がはじまるのだ。

読みはじめて一時間ぐらい経っていた。そのくらい読んでいるとどうしてこの本の登場人物が怒っていたのかうっすらわかってきた。でもそんなに沢山罵倒をあびせるほどのことだろうか。無関係なぼくは無関係をいいことにちょっと突き放すようにして思った。でも、そういうことがなかなか面白かった。

ぼくはその本をいったんおわりにしてもっと面白そうな題名の並んでいる次の本をめくっていった。そこにはいきなり全然違う世界のことが書いてある。

さっきの本よりも話の世界にすんなり入っていける。時代がぜんぜん違っているからだろう、と思った。

そんなふうにしてぼくとそのデカ本箱とは急速に親しくなっていった。

三カ月もするとぼくは相当量の「文学」を読んでいた。芥川龍之介の「芋粥」「鼻」などに一気にのめり込んだ。「鼻」に出てくるゼンチナイグという和尚の鼻はものすごく大きいので、鼻だけ湯につけたあと、小坊主たちに踏ませると茹でた鼻のなかから小虫のような粒がいっぱい出てくる、という話などはあまりの面白さに仰天した。そういうめちゃくちゃな話を書いてもいい世界なのだ、ということを初めて知って唸るような気持ちになった。

いろんな作家の本を読みあさる毎日になった。後に大佛《おさらぎ》次郎、田山花袋、永井荷風などという変わった名も間違いなく言えるようになった。

事故のあとの退屈で鬱屈していた頃、本を読むのがぼくの自宅養療の日々だった。このときぼくは人生でいちばん日本文学を読んでいたように思う。

本箱はその頃のぼくの学校であり広大な宇宙になっていった。

ちんとんしゃんとデカメロン

母の舞踊教室は家の八畳間をふたつつなげたところでやっていた。

おばさんやお姉さんらの嬌声や笑い声やそれらを叱責するような母の尖った声などを聞きながらじわじわとそれらのブンガクを読んでいたのである。

どの作家の作品も落ちついてしっかり読むと、しだいに視界の向こうに世界が立ち上がり、そのつど実体化していくようなスリリングで胸躍るものになっていった。

月に二回の通院が一回になってきた頃、もういくらか遠出してもいい、ということになった。でもぼくにはそんなお金もなかった。そこで小、中学生の頃によく行った、町の東の端で行われていた花見川浚渫《しゅんせつ》工事跡まで足を延ばしてみることにした。そこなら距離的にもちょうどいいし、家で本ばかり読んでいる日々から少し飛び出していった気分になった。

けれどそんなふうに少々散歩の距離が増えてもますます心身ともに内に籠もっていくばかりで、明日がよく見えなくなっていくような気がした。さしたる希望もなく、当然未来ものぞめず、夢などない日々の繰り返しに息が詰まる思いになっていった。そんなときにひと息ついて兄夫婦の部屋のなかを物色し、押し入れに何冊かカストリ雑誌があるのを見つけた。

「デカメロン」「夫婦生活」「あまとりあ」などどれも魅力的で煽情《せんじょう》的でいかがわしく、たちまちブンガクよりもそっちのほうにとらわれていった。昼日中、母が踊りの稽古をし、義理の姉と姪っ子が買い物に出ているすきに長兄の部屋に忍び込んでは興奮と欲望を鎮め安堵させる本を物色した。

なかでも強烈な印象があるのは、「生活心理研究レポートⅠ」「生活心理研究レポート

Ⅱ」の二冊だ。税務関係の専門書などのなかにどうにも正体不明の異彩を放っていたその雑誌の地味な表紙を開くと、手書きの筆記文字の謄写版で文章が書き連ねられているなかに、半裸の女の写真がところどころあっけらかんと印刷されている。どれも素人の女のようで背景も写されている部屋の感じもいろいろでまったく違う。連なる文字は猥褻《わいせつ》で煽情的でありどうやらその男女らが撮影した女の投稿写真のようだということもわかった。

三味線と小太鼓の音が奥の先の部屋から聞こえてくる。生きている女たちがみなこのようにそれぞれの裸体を隠し持っているのだと思うとくらくらし頭痛がするようだった。

それらに煽《あお》られたような気もするが、いろんなきっかけがあって、母の舞踊教室にかかわっている若い女性と関係をもってしまった。人妻だった。

人妻は「これでもう邪魔者はいません」と言った

強烈に思い出すのは髪の油と白粉《おしろい》の匂いだ。髪が長く化粧の濃い女性でぼくより四、五歳上だった。後に「おとがい」という言葉があることを知ったが、その女性、志乃さんは顎が少しだけつんと尖っていて目のそれぞれの端が長く伸びているように見えた。美しい、というのだろうが、ぼくにはそこまで単純にあけすけに表現できないように思った。

たちまちフラチな間がらになっていった。まだ青年だったぼくはその人とやがてとんでもないつきあいになっていき、なんともいえない焦燥感に苛まれていった。

詳しくは「哀愁の町に何が降るというのだ。」に書いた。ここではもう同じことは書けないのだが、簡単に言うとこんなことだ。

志乃さんは、母の踊りのお弟子さんである姑《しゅうとめ》の付き添いでぼくの家に出入りしていた。いきなり「怪我のことお大事に」などと手紙を渡されたりもした。

ある日いつものようにフラフラと散歩していると声をかけられ、今日は夫が姑を病院に連れていっていていま誰もいないから神社にある珍しいものを見せるわ、などと誘われた。

志乃さんの嫁ぎ先の神社は、こぢんまりとしながら由緒のあるところだった。ずいぶん前に、冬場、境内で滑って亡くなった人がいたので小中学生はひとりで行ってはいけないと言われていたが、石段の手すりを滑り降りるのはスリルのある遊びだったし、夏には町の消防団の青年たちが肝試し大会をしてくれて何度も遊びに行ったことがある。夜更けに頭に三本のロウソクを立てた白い着物の女のユーーレイも出る、という噂もあったから、コワイ話を聞かされたあと真っ暗な境内を行って石を取って戻ってくるのはけっこう本気で怖かった。

夕刻迫る境内に人気はなく、うっそうとした葉ずれの音と鳥の鳴き声が響いている。志乃さんが本殿の隣の神楽殿《かぐらでん》の古めかしい錠前を開けて中に入る。

「チチ、チチチ……ネズミがいるんです。これはおまじないのようなものですね。これでもう邪魔者はいません」

埃くさい暗闇の奥からいくつかの小箱を持ってきた志乃さんが見せてくれたのは、そのユーレイの置き土産だった。

「呪いの人形ですよ。チチ、チチチ」

いかにも素人が作った直線的な藁人形《わらにんぎょう》の顔のところに布を貼りつけて墨でいいかげんに目鼻のような印がつけてある。こんな不気味なものをいきなり見せられるとは思わなかった。

ここは縁結びで有名なところで桜のころは花吹雪の下での結婚式も名物だったが、そんなところだからこそ逆のことを願う人も多くいる。白装束をまとい頭にロウソクを立て口に剃刀をくわえた一人の女が真夜中にやってきて呪いの藁人形に五寸釘を打ち付ける。丑《うし》の刻参りのそんな人を見つけたときは何時間もかけて落ちつかせるのも神社の仕事なのだと志乃さんは言った。

「宮司さんもたいへんなんですね」

自分の声が掠《かす》れているのがわかった。なにかに負けたような気がした。

そうそう、もうひとつ本物の宝物を見せたいわ、と本殿に戻った。志乃さんが手にしたのはさっきよりもっと立派な木箱だった。

中に入っていた般若の面は、思わず声を出してしまいそうなほど恐ろしかった。さっきは油断していたので、今度は用心していたのだが用心していてよかった。この面は、夫の浮気に苦しんで丑の刻参りをしていた女性が宮司に見つかり説得されて帰ったものの、後日、自分の闇に向かってしまう魂を鎮めるために納めてほしいのだ、と持ってきたものだという。ずいぶん古いものらしく、ところどころ黒く変色し欠けているあたりも恐怖心を倍増させる。

「今はねえ、このわたしが丑の刻参りをしたいくらいなんですよ。チチ、チチチ」

いつの間にか近くにいた志乃さんがチチチ、チチチという荒い息とともに小さな草の茎のようなものを吐きだした。床に置いた提灯電灯の明かりに照らされたその顔は一瞬真っ白で般若の仮面が夜闇に動いているように思えた。

その後、呼び出されては人気のない暗がりで爛れた関係にふけった。何度も出かけていくうちにどうやらすぐ旦那さんの知るところになったようだった。志乃さんはしかし気にするでもない様子であっけらかんとした声で電話してきて短くそんなことを言うと「早く逢いたいの」と言った。電話を取りついだ母に聞こえるのではないかとじりじりした。

いくらヒトの目をしのいだつもり、といっても夕刻のただならぬ時間に町内をうろついていたりしたら誰かに見られて不審に思われてもしかたがないはずだった。おせっかいやきの母の踊りの弟子が目撃していて「しんぱいなので」などと母に告げている可能性もあった。

いきさつはわかっていても、世間からみれば「いい、わかいもん」が何もせずに家でゴロゴロ、包帯をぐるぐる巻いて、まっ昼間からフラフラ散歩などしているのだから異様に目についていただろう。ましてやぼくは柔道その他で体だけはいつも鍛えている、ということをしてきたのでその異様ぶりは余計めだっていたことだろう。

昼間、自分の部屋でゴロゴロしているぼくのことを知り、兄が押し入れの本など身のまわりの物に気づかいをはじめている、ということもわかってきた。何もいわない母と兄にしかし、ぼくの身のうちはしだいにうぞうぞしてくるおだやかならぬものになっていった。

志乃さんを花見川の改修橋梁工事跡に呼び出した。人目につかない場所で思いつくのはそこしかなかった。工事跡にあるトロッコ洗車場は少年のころからの隠れた遊び場のひとつで、もう使われていないプールやトロッコがあった。プールをまたぐように建てられている建物はかつての事務棟なのだろう。一方の壁が崩落しているので中の様子が丸見えだった。プールには濁った水が溜まり魚やナマズが絡まった水草のなかで陰気に棲んでいた。閉ざされた水場に釣り人は来ないし淀んだ空気にアベックもほとんど足を運ばないところだ。

葦原にいるヨシキリのチャキチャキという床屋のような鳴き声を聞きながら廃屋で志乃さんと会った。雷魚が時折なんの予兆もなくばしゃんと飛び跳ね大きな音を立てて人が近づいてくるのを警戒しているようだった。

ぼくとしては、旦那さんや姑さんにぼくとのことが知られたということの問題を聞き出したかったのだが、志乃さんは「それならべつに心配いらないわ」などとあっけらかんとしていた。神社でおちあうような人たちはもとから多いしそれが自分たちのことだとは夫も知りようがない。深刻そうな声をして電話したのは「ああすれば早くにまた逢えますからね」と小さく笑った。

その時、足元で雷魚がまた大きく跳ね、志乃さんが「きゃあ、わたしいまプールに落ちそうになったわ」としがみついてきた。

瞬間、ぼくはこの女をプールに突き落としたくなった。突き落とさねばこのおそろしい人からは逃げられないじゃないか、もういい、うぞうぞとするわずらわしいことから逃げなければという衝動が強く起こった。今なら簡単にできそうな気がした。殺意、というのとも違う。この人を消すか自分を消すか、というようなことを考えながら暗闇の葦原を抜けた電灯の明かりの下で別れ、それぞれに帰った。

その日、ぼくは志乃さんと会う前に包帯を外していた。ぐるぐると白い包帯を頭に巻いた男と人妻が歩いていれば目立つだろうと警戒したのだ。包帯を外してみると傷はほとんど治っているようだった。

あのときの無聊《ぶりょう》と、心の奥のほうから膨れあがってくるイラダチや無力感、異常な精神状態のなかで遭遇したのは毒々しく爛れていく、でもいきなり遭遇した密かな魅力にみちた女とのあいだの未知の世界だった。異常疑似恋愛である。

考えてみればそれはこれまで数えきれないくらいに書かれていた小説世界の王道のひとつであるようだ。わが「混沌と至福と恐怖」の体験話。埋没させ封印していた恍惚と嫌悪の錯綜する混沌の世界は、ひとたび栓を開放すると記憶の風景が自分でおののくほど勝手に露骨にいろいろあらわに這い出てきた。

コロッケ君と箱根を目指す

「どこかへニゲル」

という、思いがけない、でも夢のような秘密作戦が頭にチラチラしはじめた。青春期のフラチで甘美な夢想。甘ったれた世間知らずの妄想、ということは、その時代から少し離れてみないと自分では気がつかない。

不安に満ちたとんでもない日々とは正反対の暮らし。それは魅力的だった。

けれど具体的によく考えると、どこかを目指してニゲルとしても移動のための資金が必要だった。ぼくは事故をおこす前からそのときにいたるまでお金は殆ど持っていなかった。学生の頃のアルバイトでいくらか現金を得たことはあるが、そんなものはとうに風に飛ばされるようにどこかへ消えてなくなっていた。

ぼくのまわりで毎日元気なのは母とそのまわりでよく笑いよくお喋りして過ごしている踊りの稽古のおばさんたちだった。

蟄居《ちつきょ》している者にとってはごくみぢかにいる人たちだけれど、いつも隣にいる「オトギの国」の人々、というようなイメージだった。その親玉である母に、逃亡資金を無心しよう、と思った。

二一歳にもなって母から無心なんていうのはとても恥ずかしいことだったが、しばらくまるで働けなかったのだから、という「いいわけ」はある。

「家出」してからどうするのか、ということはまるで考えもしなかったけれど、なにかすぐにも働けるアルバイトが見つかるだろう、とぼんやり楽天的に考えていた。

相変わらず世間をまるで見ていない甘えた思いだと、今ならわかるけれど、まあそういうふうになっていってしまったのだ。

しかしなんといっても初めての本格的な家出である。一人では心細かったが、いくら友達でもそこまでつきあってくれるお人好《よ》しはいないだろう。ノー天気な我ながらそのくらいはわかっていた。それでも足はまっすぐに近所の高橋コロッケ君の家に向かっていた。

誰かを誘おうかと考えて頭のなかでまっさきに浮かんだコロッケ君、高橋勲は、小学生のころからの仲良しだ。少年期は毎日のように一緒にいた。家が近いのでどちらからともなく互いに家を訪ね、そうして一緒に遊びに出る。家でごろごろするときはなんとなく、日常の話をしていたがいつまでもずっと話していられた。話していなくても気まずいことなくまったくらくちんだった。夕方になれば彼の家が営む精肉店に行く。駅前の「江戸清」の名物コロッケはぼくたちの最高のおやつだった。中学生になってじゃがいもを洗うのを手伝ったりするとおばさんが揚げたてアツアツのコロッケやメンチカツをくれたりした。

おじさんもおばさんもいい人で、遊びに行くと自分のうちのように気をつかわず落ちつけた。彼の部屋を好き勝手に改造したこともある。これはまたいつかちゃんと書きたいと思うけれど、コロッケ君のお兄さんのバイクを借りて大きな自損事故を起こしたこともある。買ったばかりのバイクをぶっ壊してしまったが、お兄さんもコロッケ君もなにも言わなかった（その後の人生でぼくがバイクに乗らないのはこの事故があったからだ）。

コロッケ君ほど純朴でこころやさしい男はいない。コロッケ君は我《が》をはる、ということがなかった。何か頼まれるとなんでもやろうとした。そうして器用になんでもこなした。

それは青年期になってもかわらなかった。

その日、コロッケ君にはぼくは理由は言わず、ちょっとした旅行にいかないか、と誘った。こういうとき、さして理由など聞かず、自分に余裕があったらつきあってくれるのがコロッケ君なのだった。

一泊の予定で箱根にむかった。

行先を箱根にした理由を思い出そうとしたが、特にこれといったことはなかったように思う。幕張から房総半島を行ってもどんづまり、遠くに行くなら西へ、といったところだったのか。まあたいした考えもなく動くのは昔からだ。

しばらく家には帰らないつもりだったけれどいらぬ心配をさせたくなかったので、その日、家を出るとき「しばらく帰らないから」とヒトコトだけ断っておいた。

母は、どうして？　何がおきたの？　どこへ行くの？　などと聞きながら表の門まで追いかけてきた。けれど、門のところで待っていた高橋コロッケ君の顔を見てそれ以上よけいな心配はしないようだった。事故で入院したときもそうだったようにぼくが殆ど友達づきあいのなかで生きている、ということを母はよく認識していたようだった。

そんなことでもコロッケ君の存在は有り難かった。

どのルートで行ったのかももう憶えてはいないのだが、途中の駅でスポーツ新聞を買い、求人の三行広告で自分がもぐりこめそうな条件のものを探した。とにかく家を出たはいいもののくわしくは行きの電車のなかで調べながら考えていく。そんないきあたりばったりのコトでいいのかおめえ！　など今思えば自分で自分にあきれてしまうことばかりだ。

　その時代は景気がよかったのかその逆で失業者がうんざりするほどいたのか、どっちにしても世間知らずの青二才にはまるでわからない世界だった。

　自動車事故の顚末がそうであったように、間一髪のところで命を失わずに生きてこられた、という感覚が強くある。ふりかえるとぼくは「ドタンバ」に強い人生を歩んできた――ような気がする。都合のいい連想だったが。

偽名の新人「タカハシ」

「配達助手、住み込み可、委細面談　尾張屋」

　求人広告は芦ノ湖の湖畔にある酒屋さんが出したものだった。

　その当時は世のなか万事こんなふうにゆるやかで善良な気概にあふれていた。まあ面接で判断するのだろうが、求人に応募してきたのがどんなニンゲンなのか。少し話を聞いただけではわからないし、なんの保証もないのにいとも簡単に「住み込み雇い」をしていたのがおおらかすぎる。

コトにあたる前にぼくも少しは考えたのだが地方の店の簡単な手伝いをするにしても住居の問題がある。金もないいまはアパートなどの住まいを借りられるような状況にはない。

職場に住み込めないとどうしようもなかった。そして聞いて知っていた「住み込み」というのをしてみたかった。

芦ノ湖に着いたらその店に電話して面接の条件を聞いてみよう、と思った。

履歴書は前の晩の夜に書いていた。「高橋」の名前で、住所はデタラメだ。そんなにまでして隠す必要があるのかどうか。自分でもよくわからなかった。

たぶん、隠遁者を気取っていたのだろう。今、思うにぼくはその頃、ひねくれた嫌なやつになっていたのだ。

その日は日曜だったからどっちにしても翌日からのはなしだ。

夜は宿でコロッケ君と、彼には理由のはっきりしないだろう強引な乾杯をした。

なぜぼくがそういう唐突な旅に誘ったのか、説明してもコロッケ君にはよくわからないだろう、というこちらの思いもあった。

どこへ泊まったのか覚えていないが記憶しているのは温泉のある安宿だ。風呂の休憩所にあった缶ビールで乾杯した。

少しのビールで酔っ払ったぼくは、いやがるコロッケ君を誘って女湯を覗きに行った。

庭に出て、夜露に濡れた芝生の上を匍匐《ほふく》前進しながら苦労して這っていく。

女湯の水音や聞こえてくる声がいかにも大きな風呂からのもので鼻息もあらくなるが、大きな窓は湯気にぼんやり曇っていてなにも見えない。ムシにさされまくっただけで、たいした成果はなかった。コロッケ君も「苦労したんだけどなあ」と悔しがっていた。

友人のなかでコロッケ君ほど気のいいやつはいなかった。なんでそこまで彼につきあってもらえたか、いまだ自分でもよくわからない。

翌朝、コロッケ君と別れた。「おれはもう一泊していくから」というと、さすがに彼は妙な顔をしていた。でも何も聞かなかった。コロッケ君というのはいつもそういうやつなのだった。


面接は簡単だった。店主はあまり質問のようなことはしなかった。ひとつだけ聞かれたのはぼくの額にまだくっきり残っているクルマでの事故のときの傷跡だ。

「聞いていいですか」というような前置きがあった。浅学のぼくはその頃まだ知らなかったが「男の額のむこう傷は云々《うんぬん》……」という芝居だかの有名なセリフがあるようで、なにやら意味深いものがあるようだった。あまり気にすることはないようだったが、そのことをはじめて認識した。その傷に関連して話したのはぼくが運転免許証を持っていない、ということだった。

「仕事はうちの品物をあちこちのお得意さんのところに届けてもらうことの手伝いだから、あなたが運転するわけではないので問題はないです。うちの仕事を手伝っているあいだに運転を覚えたらいいでしょう」

店主はおだやかな人柄で、話しかたもわかりすく、優しかった。まもなく採用が決まったようだった。

雇用者がすでに二人いた。一人は配達のクルマの運転手をやっている人。ぼくより十歳ぐらい上で小田原からここまで毎日クルマで通ってくるという。

一人は女性で売り場の手伝いをしていた。

もう一人いた若い男は住み込みで働いていたが少し前にやめてしまい、ぼくがそのあとがま、というわけだった。

その若い人が暮らしていた倉庫の二階の部屋に住めることになった。ふたつある六畳間のひとつ。隣とは襖でしきられていた。そこには尾張屋の息子さんが住んでいて、その人は尾張屋とは別のところに勤めているらしい。

「仕事のいろいろは明日からね」

とりあえずの案内をしてくれた店手伝いのセキさんが慣れた口調で言った。セキさんはぼくの家の踊りの教室にたくさん集まってきているおばちゃんと同じぐらいの歳恰好だったから不思議と気は楽だった。

ぼくは宿なしの駆け込みあんちゃんであったからまだ何もわかっていない、ということをよく承知しているサバケタ気配がありがたかった。

部屋には申しわけ程度に座り机がひとつ、その前に座布団がひとつ。机の上には電気スタンドがあった。部屋全体のあかりは天井のほぼ真ん中から粗末な傘つきのハダカ電球がさがっていてそのスイッチを捻る。

全体に昭和のつましい下宿部屋の気配があった。自宅のぼくの部屋のように乱雑にちらかっている光景がなつかしい。でもここではまだ自宅を懐かしがっている余裕はなかった。

慣れない仕事がはじまるまで、いくらかでもからだや気持ちを慣らしておいたほうがいいだろう、と思った。

尾張屋の前の大きな道をはさんで芦ノ湖があった。本当に湖畔だった。

旅館やホテルが湖のまわりに点在している。観光バスばかり止めてある空き地があり、数人の観光客らしい人の姿がぱらぱら見えた。考えてみるとその日は月曜日だった。

尾張屋からまっすぐ行ったところに小さな桟橋があり、そこには地元の人らしい釣り人の姿があった。ぼくは桟橋に座ったまま微動だにしないそんな釣り人やあたりの風景を眺めながら、とうとう思いがけず、こんなコトまでやってしまった！　という落ちつかない思いが横溢していくのを感じた。

いろいろあざとい顚末のすえに望みどおりとうとう自分は自分とは別の人になった。そこまでする必要があったのかどうか、まだ自分でもよくわかっていないことがいくつかあった。

カレーライスで就職祝い

——それにしても、犯罪者でもないのにこんなにまでして違う人になろう、という理由はなんだったのだろう。

「失踪」ということに意味のわからないあこがれを抱いていたような気持ちがあった。とはいえ今のところ命をかけるようなことではない。とことん甘い考えなのだ、こころのなかでそんなふうに自分で自分を見透かしているものがあるのだがいまは考えないようにした。

それよりも「いろんな人に迷惑をかけたぶん自分はがんばらねば」と思った。

観光客ではなく、とりあえずそこに住んでいる人として見ている目の前の風景は複雑な希望と不安に満ちていた。道路わきに質素なたたずまいの店があった。

「里実」という看板。スナックかバーのような屋号だ。セキさんに聞いていた食堂だった。湖からはいくらか離れていて、それがいかにも地元の人むけの食堂らしかった。田舎の、なんでもあり、の気楽な店のようだった。

その日の朝食は、住み込みの勤め人になって初めてのまかない飯だった。ごはんと味噌汁、タマゴ焼きにオシンコという、絵に描いたような簡単な、でもそれぞれ出来立てらしくとてもおいしい朝ごはんだった。

「いいところに入り込めた」という気分だった。あの朝食から五時間。まだ何も働いていないのに、もう空腹になっているのが恥ずかしい気もした。もっとも柔道をやっていた頃は自分でも呆れるほどいくらでも食えたのだ。

その食堂にはこれからたびたびお世話になるだろうから、しっかり検分しておきたかった。表に出ている看板にカレーライスとカケソバというのが見えた。それに決めた。

店には先客がひとり、新聞を見ながらなにかのドンブリものを食べていた。片手にドンブリを逆ワシづかみにして、迫力のあるガシガシという音のするような食い方をしていた。ぼくの思い描いていたような理想の光景だった。壁にあるメニューは和食と中華が渾然一体化していた。注文したカレーライスとカケソバの組み合わせで正解だったようだ。ビールぐらい注文したかったが、初日からそんなふるまいはないだろう、と思いテーブルの上のコップの水でひとりこっそり就職祝いをした。

翌日、シャッターをあける前、店内に従業員がそろい、簡単な挨拶を交わした。クルマ通勤をしているキヨさんと呼ばれている角刈りのお兄さんがぼくの仕事の相棒になる人だった。キヨさんは形式ばったことに弱いらしく、その朝の相互挨拶は主に社長が話して進めていたが、キヨさんは落ちつかないようだった。

セキさんは尾張屋の遠い親戚すじにあたるようでもう十年選手と紹介されていた。開店前の店内にいると「酒屋」というには扱う品目とその量がどっさりと幅広く、それらをすっかり把握して店をきりもりするだけで大変なことだろう、と思った。

配達の注文は毎日ひっきりなしに入ってくるという。それもそうだろうな、と理解した。芦ノ湖周辺の酒屋は尾張屋だけではないというが、しかし重たいビールなどを注文のあったその日のうちに届ける酒屋はほかにないらしい。

紹介と挨拶が終わるとその日の朝一番の配達だった。ぼくはキヨさんの隣の助手席に座った。

「初荷だよ。初荷。毎日あるんだよ。今日のこれの届け先は七、八分いったところだ」

少し前かがみになりながらキヨさんは早口でそう言った。

走っていくとまだ朝の気配の残る山上湖が道路横の杉並木のあいだからチカチカ規則的に光ってみえる。

思いがけないくらい軽快な展開でぼくはいままでまったく知らなかった世界に入りこんでいた。

重心を持っていかれるなよ

出会ったのはいい人たちばかりだった。誰も、あんたはこれまでどこで何してきたんだ、などと聞いてくるわけでもなく、とりあえずみんな流れにまかせているようだった。まあ、ぼくぐらいの青二才の生活周辺などどうでもいい、ということなのだろうと、勝手に納得した。

「配達のやりかたを教えような。簡単なことだけどよ」

キヨさんはそう言って目的の旅館の裏らしいところに車をとめた。それから素早い動きで小型トラックの荷台から瓶ビール入りの頑丈そうなプラスチックケースをひっぱりだすと軽々とかついでいた。すぐにぼくもその真似をする。思ったよりも重かった。考えてみるとビール瓶がぎっしり入ったケースを持ち上げたことはそれまで一度もなかった。

「ビールの目方に負けないように自分で調子つくっていけよな。慣れないうちはビールが踊りだすっていうんだけど、体のうわっかわが重いとそっちのほうに重心を持っていかれるからよう」先にいくキヨさんがふりかえらずにそう言った。

足もとが濡れているのは夜露がまだ乾いていないからだろうと見当をつけた。

届け先で多いのは旅館や料理屋などで、はやっているところへの配達は毎日のことが多いようだった。

「まいどう。尾張屋でぇす」

まだ会って間もない時間だったけれどキヨさんがそんな大きな声をだすのを初めて聞いた。いろいろとクロウトの世界がはじまったな、と身が引き締まる思いになっていた。

次からは自分が大きな声をださなくてはいけないだろう。納品がすむとカラのビール瓶が入ったケースの引き取りがあった。同じような小型のプラスチックケースも回収する。

その旅館の手伝いらしい若い女性がテキパキと受領書と新たな注文伝票を渡してくれた。店に戻ったときすぐにセキさんに渡すものだとわかった。簡単な手続きの連続だったけれど最初にキヨさんが見本になってくれないとあちこちまごつきそうだった。

同じようにして午前中にあと二件、やはり数ケースのビールとワインを配達した。キヨさんにはクルマで待ってもらい配達手続きを一人でやった。

店の人に「新しいひとなのね」などと声をかけられることもあった。うなずくと穏やかに笑いながら教えるように対応してくれた。一人だと何回かにわけて運ばねばならなかった。

キヨさんが「品物の量が多いときは遠慮なんかすんなよ。急いでいるわけじゃないんだかんな」と言った。たしかにどこもトラックから商品を収めるところまでそこそこ距離があったのでちょっとした労働だった。

三件の配達で午前中の仕事はおわり、朝食を食べた店の奥の小部屋で昼ごはんになった。

気がつかなかったけれど小柄なお婆さんがやってきて基本的に三度のめしをつくってくれているらしい。この人も通いのパート従業員のようだった。

店屋ものとはちがってごはんがお櫃《ひつ》に入っており、最初の日のおかずは見た感じではなんだかよくわからない煮もののようだった。ちょっと食べてみると「フライ煮」のようだった。いったん揚げたアジとかイカなどのフライ類をタマネギなどと煮てある。そういう料理であるのを知って得をしたような気持ちになった。全体にあまり濃くない味がしみとおっていてひとはたらきしたあととはいえ新入りには申し訳ないようなうまさだった。

「ここはいつも炊きたてごはんだからよ。うめえのさ。タカハシ君、山の生タマゴの味もみてみるかい」

キヨさんがそう言ってテーブルの上の小さなザルに入っているタマゴを取ってくれた。いきなり本当の自分とは違う名で呼ばれたのでびっくりしてすぐには反応できなかった。

自分はセキさんとかキヨさんみたいないい人にさして意味もない偽名をつかっているのだ。自分はつくづく失礼なことをしている、とひっそり詫びる気持ちになっていた。

初めての体験だからなのだろうか。ぼくは気持ちのどこかがササクレ、浮き足立っているような気がした。

キヨさんは小鉢にタマゴを割り入れ、手早く醬油をまぜ、そっくりごはんにかけていた。

「こうやるとよ。ここにあるおかずをあとで丸々めしのおかずにして食えるからな」

ああ、そうだ。こういうときはそうだったのだ。ぼくはなんだかたいへん嬉しくなっていた。


次の日も同じような展開だった。配達先にむかいながら、道を覚えておく、というつもりで特徴のある風景を記憶しようと努力した。でも、自分が運転していくわけでもないのだからそれはとりあえず無理してすることでもない、ということに気がついた。

山の湖の周辺というのは坂道とまがり道が多い、ということに気がついた。

そう思いながらキヨさんの手際いい運転操作を見ていた。いま思うと友人のKの運転がいかにガギガキして余分な力の入ったぎこちないものであったか、ということを急速に思い出していた。


Kもとうのむかしに全快して退院していたが、二人とも退院のあとは、なんとなく以前のように気軽に会えなくなっていた。

現場検証などの警察の調べが再開したとき、運転手だったKへの取り調べが続いた。そのあいだ一度、Ｋの家に挨拶に行ったことがあった。

応対してくれたＫの母親ははじめから緊迫した顔と表情で、あまり喋らなかった。ふたりして事故に遭ったのだからどちらかだけが何をどうこうすることもない、と思っていたのだがＫの母親はあくまで頑なだった。決して笑顔をみせず、全体に言葉すくなだった。ほんの五分間程度だったけれど、どっと疲れた。Ｋもその場所にいたのだがハラハラした顔でやはり黙っているだけだった。

警察の説明によると事故の調書には「Ｋの未熟運転」という単純な要因が記録されたらしい。保険金が介在し、ぼくは被害者となり、Ｋが慰謝料などを払うことになるようだった。

交渉にあたっていたのはぼくの長兄だった。長兄はキマジメかつ原則的な人だったからテキパキとそういう交渉や手続きをしていたらしい。長兄からの説明はほかに何もなかった。なにかに憤慨することもなく、ぼくを叱責することもなかった。

よりどころのない不安とさまようような戸惑いをかかえつつ、結局は成り行きのなかで過ごしていくしかなかった。

高校の頃からＫとの二人組では乱暴なことをよくした。二人ともそこそこケンカの経験があったので、こういう友達がつるむとことわざにもあるようにけっしていいことはおきない。でも何かの修羅場になったときＫとは互いによく助けあった。

Ｋの家にいくといつも日頃の悪仲間が集まっていた。Ｋの家の前は三段跳びの小島の家で裏にちょっとした空き地があった。

そこはいつも仲間同士で体を鍛えているところだった。斜めの台にしたところにあおむけに寝たカッチンが手づくりのコンクリートバーベルをあげ下げしていた。五、六人いる仲間の多くは半身ハダカでみんなコマカイ汗をうかべ荒い息をしていた。

芯にしていく鉄の棒は以前みんなで国鉄の整備場に忍び込んだときに持ってきた鉄棒だった。左右に本当は鉄の重りをつけたかったが、都合よくそういうものは手に入らなかったので、バケツにコンクリートをいれてその真ん中に鉄棒を埋め、左右同じようにして作ったおれたちのバーベルだった。

暇なやつが自由にそこにきて鍛えていた。

以前、Ｋが町で一番の札つきのチンピラヤクザ、アームを正拳突きでＫＯした事件がおきてから、おれたちもいつ血まつりに挙げられるかわからなかったので、みんなでさらにもっと鍛えておこう、ということになったのだ。一人でいるときにやつらにつかまったら半ゴロシにされるのは間違いない、みんなそう思っていた。すくなくとも腕か指ぐらいは折られる。やつらははじめにキンタマを蹴ってくる。そんな情報をかわしあってみんなで必死に鍛えていた。

空手をやっているKのパンチはやはり普通ではなく、アームの鼻はすこしめり込んで低くなってしまったらしい、という噂がかわされていた。でもそれは本当ではなかった。人間の鼻の骨が顔面にめりこんだら、そいつはたいがい死んでしまう、ということをあとで知った。

だから当時は何もわかっていなかった。そんなことをワキャワキャいいながらコンクリートバーベルで鍛えている日々が、思えばわが人生、最高に集中している時間だった。

事故後Kとは共通の友人をまじえて顔を合わせたことが何度かあったが事故の前のように二人で会う、ということはもうなくなった。コンクリートのバーベルをあげに行くこともしなくなった。ぼくもKも〝死〟から生還できたことを長いこと他人事のように傍観していたような気がする。

「へなちょこ」な失踪を検分する

二〇二三年六月。ぼくはそれから五八年後の箱根、芦ノ湖の岸辺近くにいた。

この本をシリーズで編纂しているチームと一緒だった。チームは、鋭い編集者であるTさんがリーダー。フットワークのいいレポート助手の竹田君と事務所のWさんというういつもの顔ぶれだった。

そのチームはもの凄い取材力と考察力をもっているので五八年前の、もう殆ど痕跡もないような、ぼくの唐突な失踪のその頃の出来事のあらましや周辺の状況を多方面から発掘しつつあった。

編集Tさんによるとこの失踪は「実にへなちょこ」であったと、きっぱり分析された。ぼくはわがことながらこれまでその顚末について、あまり思い出したくなかった理由がそれでしだいに見えてくるような気がした。

インターネットを使えるいまはそのくらい以前のことでも、いくつかのキーワードさえ正確だったらかなりの事実が掘り出されていくのに驚いた。

「尾張屋」のむかしの建物はもうなかったが、家族経営は変わらずあれからずっと繁盛しているようでなによりだった。店内は地酒やワインを大きく前面に陳列した綺麗で機能的なお店に変身していた。乾物や地の果物、箱根土産なんかも置いてある。無理のない変転をしたようだ。T編集者の事前取材であらかじめそのことは確認できていた。現代としては「大むかし」といっていい頃の宿無しのぼくの束の間の奉公をいろいろあらわにしていてくれたのだった。

偽名や年齢を偽ったことなども時効ではないか。とにかく現地に行ってみるかということになったのである。その結果、くわしい人におめにかかり、当時の様子などを伺えたらいいのでは、と言いながら特に事前の取材申し込みなどしないのもいつものことだ。

六月という曖昧な季節だからなのか雨模様だからなのか観光客はほどほどで、何かを呼びかける拡声器の声とか音楽もなく、トンビの特徴ある鳴き声も聞かなかった。

そうか。そういうのはひと言でいえば風景が「落ちついている」ということなのかもしれないな、と思った。印象としてはひっそり嬉しかった。

当時の、失踪（のつもり）の滞在は結局一カ月程度、と短かったので「帰ってきたぞ」というよりも「また、来たぞ」という気分のほうがつよかった。その次に「まだ生きているぞう」という、ちょっとした感慨もあった。

あの頃、休みの日になると大きな空気を吸いによく行った桟橋の先端に立ち、水の広がり、山裾や風の広がり、雲の行く方向などを眺めた。

「ああ、あの頃は青空、ひとりきり、だったなあ」そう思った。

記憶のなかのトンビが鳴いていた。

夜の宴会に備えて酒を買い込みながら編集Tがお店の人に挨拶してひとむかし前のことを確認してくれた。四代目の経営者に嫁いでいまはお店の切り盛りをしているという松井史子さんに会えた。

史子さんによるとぼくが住み込み奉公していたのはおそらく二代目の時代の頃でしょう、という。

ぼくが寝泊まりしていた建物もすでになかった。ぼくの記憶では倉庫の二階だったような気がする。隣に経営者の息子さんが住んでいたがほかの会社に勤めていて毎日遅くに帰るようで、ほとんど留守だった。

昼食に近い時間なので、芦ノ湖のまわりにある、できればぼくの記憶につながるようなお店を探してみよう、とみんなで話をしていると、その頃のことをよく知っているであろう尾張屋の息子さんが経営しているというお店の名を聞いた。

「レストラン・ブライト」

さっそくみんなでそのお店にいった。ドライブイン風ながら高級そうな店で奉公時代の配達ルート沿いにあったが、記憶にない。そんな立派な店に入ったことなどない。かつてよく行っていた和、洋、中の大衆食堂が前身だったとしたら感無量だと思ったが、ちょうど千葉に逃げ帰ったあとにできたお店らしい。

入店してすぐにぱりっとした白いシャツに黒い蝶ネクタイという制服を着こなしたオーナーらしき人に声をかけられた。ぼくをおぼえているという。

松井大吉さんは尾張屋の息子さんでぼくと同じ歳。ぼくが奉公していた頃はよその町の大学生だったそうであの家には住んでいなかったけれど、ちょくちょく休みで帰ったときなど出会ったら挨拶ぐらいはしていただろう、と話してくれた。

確かめるにはあまりにも当時のぼくの記憶があいまいすぎた。六〇年近い時間差の旅は期待に満ちてなかなかスリリングだった。

　チキンソテー、かつカレー、ハンバーグ、生姜焼き、ボンゴレビアンコ。みんな懐かしいハイカラなメニューをそれぞれ注文した。

　この日、東京から写真を撮るためにこの取材チームの準レギュラーであるウッチー（内海裕之）が合流してくれていた。うまいうまいと昼食を食べたあと、クルマで芦ノ湖周辺をまわりながら、撮影場所を探した。単行本用のカバーを撮影したい、とＴ編集者から言われていた。

　小雨が降る樹林のなかで撮ってもらった。箱根の山のなかは記憶の風景よりも緑が多かった。

　当時よりもっと沢山の建物ができていると思うのだけれどあまりにも時がたちすぎているのでその違いがわからず、くらべようがなかった。

　記憶では週に決まって注文品を届けるところが二〇軒ほどあった。当時は一方通行などという道はあまりなかったが、袋小路が多いのでいきなりクルマで進入するときは油断できなかった。

　斜面に強引に建てられている宿や別荘も多かったが顧客には違いなく、重いものを背負い、歩いて持っていかねばならなかった。斜面は溜まった雨でずっと乾くときがないような足場のところもあり、油断すると滑りそうだったが、そうなると肩にしていた荷物は惨憺たることになる。そんなひどい記憶はないのでなんとかこなしていたのだろう。

嫌だったのはやたらに吠えまくる犬のいるところで、そういう場所では台所番の人が吠える犬のようにいつもどこかいきりたっているようでそれが不思議だった。

ひどく腰が痛く雨も激しくなってきたので撮影を切り上げてもらい、宿泊予定の宿の隣の蕎麦屋でビールを飲みながらチェックインの時間を待つ。

ホテルは風呂からの眺めがよかった。しばらく何も考えずにいた。どうしてぼくはここにいるのか不思議だった。

晩飯は湖畔を望む旅館の大広間で典型的な旅館めしだ。カップルや外国人家族、男同士、女同士のグループもあってにぎわいだ。食事しながらチームの面々と昼の取材の続きのような話をした。ゆっくり思い出すとそれはそれで古きよき「むかし話」のようだった。

夕食の後、飲み足りない面々はビールを買いに行き、しめった畳の和室に集まってまた宴会がはじまった。こんなふうに泊まるのはもう何十年ぶりのような気がする。

あのころ、尾張屋ではけっこう几帳面に力をこめて働いていたらしく、疲れがたまったのかやがて歯茎が腫れ、熱をだしてしまった。偽名だったので病院に行けず困った。やはり意味のない願望だけの変身のとどのつまりはお粗末だった。若かったぼくは結局、尾張屋を一カ月たらずで逃げるようにしてやめ、歯茎を腫らしたまま幕張に帰るという、なさけない顛末となった。

給料は週に一度だった。最後の給料をもらってから逃げたのかも覚えていない。

箱根から家に帰る電車の中でぼくがなにを考えていたのか、さっぱり思い出せない。どんな顔で家に入り、母がなんと言ったのかも。戻ってすぐにコロッケ君の家に行ったような気がする。

失踪ごっこの終わりと始まり

回転する淀んだ空気のなかで無駄な深呼吸をするようなものだ。箱根に逃げたぼくの情けない失踪ごっこ――は終わった。あのとき帰ったぼくを家族はどんなふうに迎えたか、思い出そうとするのだがなさけないくらいなにも記憶がない。

母も兄も兄嫁も姉も「ん、いたのか」というくらいの反応だった。それだけ普段の空気のなかに存在が紛れていた、ということなのだろうか。それはむしろ幸いなことだった。母はそのなかでも一番忙しそうにしていた。

そのころ、数日の後にああいう田舎舞踊集団では一番重要な「おさらいの会」という名の発表会が予定されていて、その手伝いとして母の姉のユキさんが泊まり込みでやってきていた。ユキさんは深川に住んでいる江戸っ子で、そもそも言葉がちがっていた。ぼくが最初に気がついたのは「さいですか」という言葉だった。「さようですか」と言っているのだ。

母に「ようじを買ってきてほしい」と頼まれたユキさんが歯ブラシを買ってきて母がポカンとしている場面があった。母は「ツマ楊枝」を頼んだらしい。江戸前の人はモノの呼び方も違うのだ、と気がついたのだった。

そのユキさんが沢山のお弟子さんのなかで嬉しそうに仕事を手伝っている。家を出ていく前と違う風景を望んでいたぼくには嬉しいことのひとつだった。

兄もぼくの顔を見ても何もいわなかった。兄がもっとも会いたくない人間の一人だったはずのぼくは、できるだけ身を消すような気分でいた。

姪はぼくに絵本を持ってきて以前のように読んでほしい、と言った。ごくごく自然の流れでそういうふうに一日をすごせることがありがたかった。でも基本的に居づらさはかわらなかった。

たぶんまわりの人々は何も思っていなかったのだろう、と思う。今日は昨日の続き、今日の続きはまた明日……というだけなんだ。激しく変わっていたのはぼくだけだった。

自分でも信じられないくらい臆病になっていて、疑い深く、傷つきやすかった。

自分はどうしちゃったんだろう、と何度も思った。

一日おきに母の踊りの稽古がある。おばさんたちのはなやいだ声がかさなる。姪がおもちゃのピッコロ笛を吹いている。じっと見ているとそれらが勝手に踊りだす。なんど目を凝らしても音もたてずに前に後ろに前に。

その後ろに志乃さんがいる。姿が見えるわけではないが、ぼくがこちらから見ている、ということを知っている。薄闇のなかの笑い顔だ。口がかすかにひらき、また引き伸ばされていく。何か言っている。

ピッコロ笛の兵隊が姿勢よく、でもガタピシ進んでいく。

曇り硝子の西側の窓をあける。

となりの家の塀が一五センチほどの距離にせまってきている。家と家の境界線を正しく守ってくれないらしいのだ。

何時《いつ》か兄が言っていたのを思い出す。

隣は数年前から「飴や」をはじめた。

町でふんだんにとれるサツマイモを使った「芋飴」だ。朝早くから芋を煮込み、それをかきまわし、さらになんどかかきまわして煮込む。ものすごく「いきすぎた」匂いがそこらに溢れ流れている。

竈《かまど》は燃え盛り、その上の大きな鍋のなかで煮ているサツマイモがぶくぶく煮たち、あぶくが小さく破裂している。

そのにおいを長く嗅いでいると頭の中までぶくぶくしてくるような気持ちになる。煮沸された飴の泡は破裂するのだろうか。

にわかにぼくは不安になる。ぼくのあたまのなかだってそんなふうにきっといつか破裂していくのだ。

ぼくの家と隣の家のあいだに四〇センチぐらいの長さの黒い土管をつないで煙突のようにしたものがハリガネであいまいに固定されている。正確に測るとひとつずつ別の方向に傾きながら二、三メートルほど空中にのびている。倒れないように添え木がしつらえられ、あちこち巻いてあるハリガネがのびてそれを押さえているらしい。

「嵐がきたら、いちどきに倒れるんだろうなあ」

それを見て兄が言った。温厚な兄でモノゴトをいつも正確に見ている。眼鏡の表面にはわずかの隆起もなく平面になって鈍く光っているように見える。

ぼくは、やはりここから逃げよう、と思った。

姪の吹くピッコロ笛と平面ガラスの眼鏡の兄のあいだで行き場を失っているのだからもうだめだ。やはり、外にでよう。

そう思った。

その後しばらくして、コロッケ君や沢野ひとし、当時は法学部の学生だった木村晋介たちと小岩に安アパートを借りた。

翌日はよく晴れた。竹田が運転するレンタカーで当時の配達ルートあたりを行ってみようと、芦ノ湖が一望できる山を流してみた。女湯を覗いたホテルはわからなかった。もうなくなってしまったのだろう。

眼下には気持ちのいい風景がひろがっていた。芦ノ湖は相変わらずきれいな山の上の湖でそのあたりはぐるっと落ちついた観光地のままだった。

高橋コロッケ君の人のいい笑い顔がちらちらする。

なんであんなにこころやさしい男がいたのか、ぼくにはわからない。青年期も同じだった。彼のほかに沢野君、木村君というい友人を加えて始まったアパート暮らしとその周辺の顚末記を書いて本にして、ぼくはほんとうにモノカキになっていった。

コロッケ君とあまり会わなくなってしまったのは結婚して互いに忙しくなってからだろう。ぼくが遠くに越してしまったのも原因のひとつかもしれない。そのあいだただのひとつのわだかまりもなかった。後年、コロッケ君のことを考えると山本周五郎の書いた『さぶ』に似ているなあ、と思った。

四〇年か、いや五〇年ほどしてコロッケ君と再会したことがある。ぼくが市川で講演したときサイン会をやった。そのときコロッケ君は一〇〇人ぐらいの列の一番最後に遠慮がちにいたのだ。「こんなところにノコノコ来てしまい失礼と思ったのですが」などとコロッケ君はいきなり紳士になってそう言った。

コロッケ君だ、と気がついたとき、ぼくはびっくりして、何を返答したのかいま覚えていない。おまけに改めて席をかえてゆっくり酒でも飲もう、と名刺を交わしたのだが、それもどこかにやってしまった。つくづくアホな自分だ。

いまはインターネットなどがあるからなんとか探せば会えるのかもしれないが、長い月日を経ておだやかな初老の気配を見せていた彼の身辺をまたガサツなぼくがおびやかすことになってしまうのかもしれない、といささか殊勝にも遠慮している。

あれから帰りぎわにコロッケ君はちょっとでもこの山の上の湖を見ていけたのだろうか。人生のなかでいつか彼と再会できたとき、本当にこころから詫びたい、と思った。

明日はいいことがありそうですよ
——あとがきにかえて

思いがけなく、「失踪日記」というもので一冊になった。でもずっと失踪しているわけではなく、失踪みたいなことをしたのは子どもの頃の話なのだ。このたび、かつての予行演習を振りかえりながらいろいろ考えたことがある。

失踪していても「めし」を食わなければならないから弁当が必要だ。二〜三日ぶんあればこころ強いけれどなあ。

ごはんだって冷たく固くなるだろうから三〜四日したら蒸し器であたためる必要がある。「蒸し器」かあ。むかしはけっこう使いましたね。あれは火と水があればいい。自宅で通常のごはんを食べてあとの三食分ぐらいは失踪のために持っていく。いまはホカ弁屋というのがあるから失踪期間も自由だ。

妻に相談したら考え方がまったくあっさりしていた。「いいのよ、別に食べなくても。息してそこらにころがっていて、箒《ほうき》で掃くときにゴミと混ざらない程度の有機混合体になっていればとりあえずかまわないのよ。近頃はますますゴミ分別がきびしいからね」などという。まったく失踪者の苦悩を理解していないのだ。

そうか、よく考えると妻は失踪などしている時間的余裕がないのだ。精神的にもそうなのだ、と思う。妻に失踪されるとこっちはタイヘンなことになる。どうか外出は「買い物」ぐらいにしておいてもらいたい。

それでだんだん見えてきたが、夫（いやオトコと呼びかえてもいい）の失踪などまことにどうにもろくでもないことみたいなのだ。編集Tはぼくの失踪願望など「へなちょこ」だ、と言い切った。そのときもなるほどなあ、と思ったものだ。

思えば以前、失踪したくなってその練習を始めたときに女房とかわした会話がある。あれはいつだったかなあ。例年にくらべると今年はけっこうヒマだなあ、と思っていた頃だった。

これまでずいぶん長いこと失踪してきたからなあ。しかし、失踪といってもぼくのそれは本格的に消えてしまうわけではなく、取材という名の外国旅だ。これは毎年、定期的にしていた。

でかけると居場所はときどきしらせた。国がかわることもあるから捜索願なんかは互いに迷惑だしなあ。そうなのだ。わが失踪人生は基本的に迷惑で中途半端なのだった。あまりびっしり仕事に固められた状態で失踪、というのもたいへん迷惑らしい。

近隣、遠方にかぎらずどこかしらにいく「用件」というものがあるときは朝飯を食って元気にカチカチあわてて出かけていった。いやカチカチじゃなかったな。それじゃあカチカチ山になってしまう。そのときはオトギの山じゃなくて「山と渓谷社」にいくことになっていたのだ。

「世の中には不思議」なことがあって、その頃ワープロに「ヤ」の文字を打つと「ヤキヤキヤキヤア」という文字がでてくるのだ。どうしたお前！

「これからシゴトします」と書くと「シオシオシオ」となる。

とても仕事にはなりません。そういうときは机の上のスケジュールノートなんてのを眺め、適当に衣服を着て靴をはきそのまま外に出ていった。

日記の本というのはあまり書いたことがない。なにも語るべきコトもないような日々に空をながめ、真昼の月をながめ、何かを思おうとしてもまだ外の空気は冷たい。ましてやワープロがそのような「反乱」をおこしてしまったのだ。

失意、だ。でもこれは編集Tに話すと「失意」という「甘ったれ」と言われるような気がする。きっとそうだ。

でもぼくは自称「失意」に満ちてあてもなくさまようことにした。

ごはんと日持ちのするようなお惣菜を小型のプラスチック箱にわけていれて持って出てきた。

プラスチックではそのまま火を通せないから百円ショップでフライパンと鍋を買った。

あとはカセット式のガスコンロ。これで温かいめしが食える。おれってあたまいい。

明日は失踪初日だ。元日並みにめでたい日だが、しっかり食っていくための商売を考えていた。

もしそうなったら挑んでいきたい職業だ。ジジイを意識したとき、いまの仕事ではないものでどんなことをやりたいか、と考えたことがある。

できるかどうかは別にして、最初にアタマに浮かんだのは居酒屋という仕事だった。

親しい奴らにそんな話をしたら言下にバカにされた。

お前、なにか根本的にカン違いしてないか。お前がやってみたいという居酒屋というのは、客としてイッパイ飲んでいるいつもの居酒屋だろう？　店に顔をだせば「へい、らっしゃあい」とかなんとか言ってアタタカク迎えてくれる。

それでカウンターに座ってアツアツのオシボリを使いながら店の小さな黒板なんかを見て「マグロのぶつ切りヒヤヤッコ。さけは焼酎のお湯割りね」。

そんなことを言って五分間もバカ面していれば、そういうものが目の前に出てくる。

おでんにイカゲソなどは出てこない。頼まなかったからだ。

お前のいうやりたい居酒屋というのはそういうものだろう。カウンターに肘ついて何か頼めばまもなく望みのものが出てくる。親父が「アイヨ！」なんていってカウンターにだしてくれる。お前は自分がそういう親父にほんとうになれると思ってるのか。「な、どうなんだ」

「ウッ、うう」

「世間はそういう奴をあまったれというんだよ」頷かざるをえない。

あっという間にコテンパンにかたづけられてしまった。

そのあとに考えたのは「流しの運相見」というやつだった。つげ義春さんの「石を売る」だ。

そこらの大きなスーパーに行って超簡単な組み立て式プラスチック机と椅子。白布数枚。墨汁に赤太サインペンなどを買ってきて布看板を自分で作る。

「あなたの運勢をみましょう」

繁華街ではこういうのはすぐ排除されるから、本格的にやるには考えているところがある。都会の小河川の土手なんてところだ。

こういうところには「さまよえる都会のヒト」がよくあらわれる。たいていヨッパラッているヒトが多い。

川原の土手に竹柱で作った手書きの看板文字。「川原の運相見」の店づくりは早い。なんとなくゆったりした地味な着物を古着屋さんから見つくろってある。頭には折り紙で折ったような帽子みたいなやつ。川の夜風はけっこう強いから飛ばされないようにピンでとめておかないと。なにやら安易だがまあ相手は酔っているからそんなので大丈夫でしょう。フラフラ歩いてきたヒマそうな酔っぱらいに声をかける。

「旦那さん。何かおさがしで……」

こういう状態のダンナさんはたいていい川原に立ち小便をしにきた奴だ。

「こっちの土手下のところによさそうなところがありますよ。川にむかってね。気持ちいいですよお」

あまり立ち入ったことは言わないほうがいい。溜まった小便をしてホッとしたところでなにか話しかける。

「お客さん。明日はいいことがありそうですよ」

こちらのそういうヒトコトにどう反応してくるか。相手のホロ酔いに期待をしているが、たちの悪い「からみ上戸」なんて奴がいて屋台の机も竹看板もバラバラにされてしまう、というコトも考えられるからそうしたら失踪の次の一歩をよく考えましょう。

初出

「失踪願望。」〈WEB-MAGAZINE 集英社 学芸の森〉
二〇二二年一一月二三日～二〇二四年三月二七日更新分
単行本化にあたり加筆修正しました。

「さらば友よ！」書き下ろし

JASRAC 出 二四〇二二一四―四〇一

「続 失踪願望。」下段の、その日の出来事は、「朝日新聞デジタル」「読売新聞オンライン」「毎日新聞」「時事ドットコム」「Yahoo! ニュース」などの記事を参考に作成しました。海外のニュースは現地時間、新型コロナウイルスの国内新規感染者数等のデータについては、「NHK NEWS WEB」の当該日のものに拠りました。

椎名　誠（しいな　まこと）

一九四四年東京生まれ、千葉育ち。東京写真大学中退。流通業界誌編集長時代の七六年、目黒考二らと「本の雑誌」を創刊、初代編集長となる。七九年、エッセイ『さらば国分寺書店のオババ』で本格デビュー。八九年『犬の系譜』で第一〇回吉川英治文学新人賞、九〇年『アド・バード』で第一一回日本ＳＦ大賞を受賞。『岳物語』『大きな約束』『家族のあしあと』等の私小説、『わしらは怪しい探険隊』を原点とする釣りキャンプ焚き火エッセイ、『出てこい海のオバケたち』等の写真エッセイまでジャンル無用の執筆生活を続けている。

続《ぞく》 失踪願望《しっそうがんぼう》。
さらば友《とも》よ編《へん》

二〇二四年五月一四日　第一刷発行
二〇二四年八月二一日　第三刷発行

著　者　椎名《しいな》　誠《まこと》
発行者　樋口尚也
発行所　株式会社 集英社
〒一〇一-八〇五〇
東京都千代田区一ツ橋二-五-一〇
電話　編集部（〇三）三二三〇-六一四一
読者係（〇三）三二三〇-六〇八〇
販売部（〇三）三二三〇-六三九三（書店専用）

印刷所　TOPPAN株式会社
製本所　加藤製本株式会社

定価はカバーに表示してあります。
造本には十分注意しておりますが、印刷・製本など製造上の不備がありましたら、お手数ですが小社「読者係」までご連絡ください。古書店、フリマアプリ、オークションサイト等で入手されたものは対応いたしかねますのでご了承ください。なお、本書の一部あるいは全部を無断で複写・複製することは、法律で認められた場合を除き、著作権の侵害となります。また、業者など、読者本人以外による本書のデジタル化は、いかなる場合でも一切認められませんのでご注意ください。

©Shiina Makoto 2024　Printed in Japan
ISBN978-4-08-781751-5　C0095

集英社　椎名誠の本

『遺言未満、』

四六判／ハードカバー／256ページ

ISBN：978-4-08-781693-8

その時、何を見て何を想い、どう果てるのか。

空は蒼く広がっているのだろうか。

風は感じられるのだろうか——


「ぼくなどはもうとうに〝死亡適齢期〟に入っていたのだ」。

お骨でできた仏像、葬祭業界の見本市、元路上生活者の人の共同墓、海洋散骨……。

超高齢化社会日本で白熱する「よき逝き方」をめぐる現場に、カメラを手に接近し考えた〝エンディングノート〟をめぐる旅17。

世界中を旅してきたなかで、異なる習俗、宗教の向こう側の生と死を見、体感してきた。何度も死にそうな目にもあったけれど、今、初めて、本当に真剣に「自分の仕舞い方」と向き合ったシーナが見出した景色とは——。著者新境地、静かなる一冊。

集英社　椎名誠の本

『失踪願望。　コロナふらふら格闘編』

四六判／ソフトカバー／288ページ

ISBN：978-4-08-781724-9

シーナ、よろよろと生還す――後遺症、進む老い、進まない原稿、募る一方の失踪願望……サイアクときどきサイコウの、ある1年の記録。

新型コロナ感染後、生死をさまよい退院するも、しつこい後遺症に悩まされる日々。旅には出られず、友と生ビールは遠く、自らと向き合えば今までと何かが違う――。

若き頃から抱える〝失踪への衝動〟を携えてシーナが放つ、パンデミック下の1年の記録。

〈WEB-MAGAZINE 集英社 学芸の森〉で好評連載中の「失踪願望。」、2021年4月～2022年6月の日記に加え、壮絶書き下ろし「新型コロナ感染記」、盟友・野田知佑氏ら、自らの人生に大きな影響を与えた男たちへ捧ぐ「三人の兄たち」の2編を収録。